U0128398

實用修辭寫作學

張春榮 編著

自序

本書聚焦修辭的重要認知與表現手法，以「形文」、「聲文」、「情文」的美感與質感為核心，延伸至字句修辭與篇章修辭的重點把握，期能對寫作的「取材立意」、「結構組織」、「遣詞造句」能提供有效的進路。明顯的由「修辭學」的辭格探究，轉移至教師在「修辭教學」上的實際運用。

全書共分六章，第一章修辭寫作，重申「形音義」的綜合美感；第二章修辭三原則，指出實用寫作時三個檢視的標準；第三章修辭的思考帽，強調「立意取材」的思維走向與開展變化；第四章修辭的想像力，注重「接近」、「相似」、「對比」、「因果」聯想的指標與兼用；第五章修辭的創造力，正視修辭在認知上不同向度的能量，掌握「定量」、「定質」的書寫進境；第六章修辭的重點，揭示運思鍛鍊的重點，正是「立乎其大者」，以「立意取材」、「結構組織」為真正本領所在；第七章修辭的會通，則自文本互涉的角度切入，掌握「意義繼承，語言革新」、「語言繼承，意義革新」的兩種會通，得見語文書寫的激活與再創力。似此討論，亦即筆者《作文教學風向球》（萬卷樓，2008）、與顏藹珠合著《世界名人智慧語》（爾雅，2007）、《中外名人智慧語》（爾雅，2015）息息相關，第八章為修辭教學，第九章為結語。

修辭理論的探索有三：第一、作者論，主張「真誠」是打開修辭的第一把鑰匙，亦即亞伯拉姆斯所謂的「表現理論」；第二、作品論，主張「美感興發」是打開修辭的第二把鑰匙，聚焦語言層（表層結構）、意義層（深層結構），亦即亞氏所謂「客觀理論」；第三、讀者論，主張得體（禮貌原則）是打開修辭的第三把鑰匙，注重語文的交際效用，亦即亞氏所謂「實用理論」。至於本書撰述，主要以作品論為主，在意象學上，攸關意象與象徵的組合與變化；在敘事學上，攸關歷時性與共時性的情節設計；在章法學上，攸關圖底、虛實、因果、映襯的類型統攝；在語言學上，攸關原型與變型的對照、正偏離與負偏離的考察，均有助於實用寫作修辭學的論述。至於與作者論、讀者論相涉的婉曲與含蓄，則未分章探究。

一朵花不能成花園，一隻燕子不能成春天。本書得以完成，首先感謝自《一把文學的梯子》（爾雅，1993）、《修辭散步》（東大，1991）、《修辭萬花筒》（駱駝，1996）、《修辭新思維》（萬卷樓，2001）以來，陳滿銘、沈謙、黃慶萱、張高評、陳憲仁等教授的啟迪與助緣。其次，自《英語修辭學（一）》（文鶴，1991）、《英語修辭學（二）》（文鶴，1997）、《中外名人智慧語》（爾雅，2015）以來，吾妻藹珠啟發英美修辭與西洋文學天地的富麗遼闊，尤其對本書再版修訂提出建言，並協助校對與插圖，感念在心；繼而，國內外作家錦心繡口，妙筆生花，見證修辭與寫作的燭照萬彩，醒心豁目，自是惠我良多。最後，北教大語創系學生選修並參與習作，長期以來讀者的青睞，黃淑靜老師幫忙校對，助理陳欣的打字協助，萬卷樓編輯部的鼎力支援，特此致謝。至於全書疏漏不足之處，尚祈方家指正是幸。

張春榮
謹誌於臺北教育大學語創系
二〇一八年十月八日

目　次

修辭寫作

修辭寫作是「語言層」的運用，「意義層」的探索；運用「語言是心靈的最佳鏡子」（指涉）、「語言是半透明的毛玻璃」（不確定）、「語言是多方折射的水晶球」（歧義）、「語言是會轉彎的子彈」（變易）的種種性質，綜合發揮其中的關係，捕捉美感經驗的興發，呈現生命經驗的「感知、感染、感悟」，直指生命境界的擴大與深化。

修辭寫作的進路，語文美感的興發與探索，可以自不同的「性質」、「關係」上，加以切入。就大類而言，可以區分為二，如「消極修辭」、「積極修辭」（陳望道《修辭學發凡》）、「表意方法的調整」、「優美形式的設計」（黃慶萱《修辭學》）。其次，依不同標準，可區分為四，王希杰依語言的美感，分為「均衡」、「變化」、「側重」、「聯繫」（《漢語修辭學》）；黎運漢、張維耿依修辭方式，分為「描繪類」、「比較類」、「語詞類」、「句式類」（《現代漢語修辭學》）。復次，亦可區分為五，胡性初依漢語成分，分為「漢字」、「語音」、「詞語」、「語法」、「非語言符號」（《實用修辭》、《中文實用修辭學教程》），劉蘭英、吳家珍、楊秀珍依漢語成分，分為「語音」、「漢字」、「詞語」、「句式」、「篇章」（《漢語表達》）等。

然而不管根據何種標準，就修辭寫作而言，首重培養莘莘學子語感，豐富語言智能，涵養美善情意，正本清源，可以自漢字的物質性（「形」、「音」、「義」）出發，進而掌握漢語（字、詞、語、句）的工具性、藝術性與文化性。而此三端的圖象思考、聲音思考、意義思考，亦即劉勰《文心雕龍．情采》中所謂的「形文」（五色）、「聲文」（五音）、「情文」（五性）。換言之，亦即語文智能中的「繪畫性」、「音樂性」、「意義性」，寫作時「密度」、「速度」、「深度」的綜合運用。而國小、國中、高中的語文教學，可以由此三性切入，藉由感知、感染、感悟，領略語言藝術之美，開拓生命對話的廣度與深度。

第一節　修辭三性的書寫

語文美感源自「形」、「音」、「義」的綜合呈現，以及「形文」、「聲文」、「情文」多層次的相輔相成。而運用在實際書寫上，最常見的模式有二：第一、由形而義，藉由繪畫性（空間智能），展開「形」、「義」的連結，形成思維的衍生、延伸。第二、由音而義，藉由音樂性（音樂智能），展開「音」、「義」的連結，形成思維的擴大、深化。

前者偏向「意象」，後者偏向「動感」（高友工《中國美典與文學研究論集》，頁177），各擅勝場，又相互滲透交織。此即劉勰《文心雕龍・神思》所謂「使玄解之宰，尋聲律而定墨；燭照之匠，窺意象而運斤。此蓋馭文之首術，謀篇之大端」的創作論，分別指出由「意象」、「聲律」開展的進徑；此亦即姚鼐〈與石甫侄孫〉所謂：「文章之精妙，不出字句聲色之間，舍此便無可窺尋矣。」已成歷來共識。

在字詞上，以「獄」為例，可以掌握此兩種不同路徑的切入，開拓字詞藝術的空間由「選擇軸」至「組合軸」，延展「性質」、「關係」的書寫：

（一）繪畫性（形文）

1. 岳爺即將昨夜之夢，細細的告訴了一遍。道悅道：「元帥怎麼不解？兩犬對言，豈不是個『獄』字？旁立裸體兩人，必有同受其禍者。江中風浪，湧出怪物來撲者，明明有風浪之險，遭奸臣來害也。元帥此行，恐防有牢獄之災，奸臣陷害之事，切宜謹慎！」（錢彩《說岳全傳》）

2. 她彷彿聽見牢獄大門啷噹關上。永別了，自由；再也不可能掌握自己的命運。逃犯的念頭，不斷在她的腦海閃過。可是她知道，自己是躲不了。她轉向新郎，微笑著重複這句話：「我願意。」（提娜．米爾邦〈抉擇時刻〉）

(二)音樂性(聲文)

1. 在山嶽如獄的四川，她的眼神如蝶，翩翩於濱海的江南。（余光中〈地圖〉）
2. 釀得百花成蜜後，為誰辛苦為誰甜；人生是苦海，每人多多少少都有「勞欲」之災。（明覺〈小語〉）
3. 不要讓自己變成「獄卒」，要做個開心「管理員」。（秋實）

「繪畫性」中第一例，自「兩犬對言」的字形上加以解夢，暗示吉凶未來先有兆，用以警示即將有「牢獄之災」，此為修辭格中「析字」（俗稱「測字」）；公視「一字千金」曾以「兩隻狗在講話」問參賽者，大都數都誤以為是「哭」字，只有一位答對。第二例是新娘回答牧師的結婚現場，新娘體會到「我願意」一出口，就是「自覺的不自由」。似此內心幽微情境的顯影，正是「轉化」中的「形象化」（擬虛為實）。反觀「音樂性」中二例，均自聲音上加以發揮。第一例余光中自「嶽」、「獄」的雙聲（「ㄩ」）加以聯想。第二例自「牢獄」、「勞欲」的雙關上加以衍生新義。當然「獄」亦可和「玉」、「鬱」加以別解，形成歧義，別有會心。

以「家」為例，可以發揮不同語感的敏覺力：

（一）繪畫性（形文）

1. 人啊人，人字只寫兩條腿，左看像門，右看像山，另有一說是像倒置的漏斗，總之站得牢。人為萬物之「零」，符號十分簡單，人字只兩畫，你看馬牛羊雞犬豕多少畫！門供出入，人分內外；山有陰陽，人感炎涼；漏斗倒置，天地否極，看誰來撥亂反正旋轉乾坤。啊！人啊人。（王鼎鈞〈給我更多的人看〉）
2. 預言家

   才子倉頡

   創作這個字的時候

   正是古中國的秋日

   風勁的草原上

   一隻落單的

   雁

   鳴叫著

   劃向歷史

   倒寫在天空（曾貴海〈人〉）

（二）音樂性（聲文）

1. 既以為人己愈有，既以與人己愈多。（《老子》81 章）
2. 人見利而不見害，魚見食而不見鉤。（李汝珍《鏡花緣》）
3. 有好人可以做，誰願意做壞人？有神仙可以做，誰願意做畜生？（電視劇《霹靂火》）

「繪畫性」中第一例，自「人」的字形，加以譬喻，同時兼取「山有陰陽，人感炎涼」的押韻（「陽」、「涼」），「人為萬物之靈」中

「零」與「靈」的諧字雙關，正是「形音義」綜合運用，由字的「性質與關係」上連綿衍生的佳構；第二例自「雁陣成行」的「人」字構圖加以聯想，推測倉頡造字時的情境，純屬接近的聯想，亦為修辭格中「追述」的「示現」。反觀「音樂性」中的三例，均善用「類字」，藉重出以增強句式的節奏；同時在平行的節奏律動中，開展意義的闡釋申述。就辭格兼用而言，三例亦屬「映襯」。

以「家」為例，可以發揮不同語感的延展：

(一) 繪畫性（形文）

1. 三字同頭官宦家，三字同旁綾綢紗。若非當朝官宦家，豈可穿上綾綢紗？
2. 約翰・湯瑪士下士首度出征，被虛幻的槍砲聲嚇得躲在泥巴堆裡。

   「約翰！」他媽媽的聲音迴盪在戰場上：「要吃晚餐咯！」

   他丟下 M-16 步槍，含淚跑向媽媽。

   傳來數發清脆的槍響，接著一片死寂。（巴士特〈戰場遊戲〉）

(二) 音樂性（聲文）

1. 家，枷也，甜蜜的負擔；家，佳也。疲憊身心的最佳去處。（錦池）
2. 人言落日是天涯，望極天涯不見家。（李覯〈鄉思〉）
3. 身如巢燕年年客，心羡遊僧處處家。（陸游〈寒食〉）

「繪畫性」中第一例，自「官」、「宦」、「家」字頭的相同與「綾」、「綢」、「紗」字旁的相同，形成相關的聯想。似此即「聯邊」的運用（劉勰《文心雕龍・鍊字》），亦屬辭格「析字」的組合推衍；

第二例出現家中情景，結合母親呼喚的幻覺，屬於錯覺中「懸想」的「示現」，在心神恍惚的混淆錯亂中，遭敵軍槍殺。反觀「音樂性」中第一例，自諧音的「雙關」，詮釋「家」的兩種內涵特性。第二例結合「類字」(「天涯」)，點出「眼睛的方向，是家的方向；心在哪裡，家在哪裡」。第三例結合「疊字」(「年年」、「處處」)，道出「處處無家處處家」的「以無為有」的漂泊情懷。

其次，在句式上，以「幽默、微笑」的描述，亦可自「形義」、「音義」兩個模式切入，開拓不同表達的創造力：

(一) 繪畫性(形文)

1. 民間幽默是帶刺的玫瑰。(薛寶琨)
2. 幽默實在是荒謬的解藥。(余光中〈幽默的境界〉)
3. 笑容是陽光，可驅散面容之冬寒。(雨果) [1]
(Laughter is the sun that drives winter from the human face.)

(二) 音樂性(聲文)

1. 用「笑話」來「消化」人生。(廣告)
2. 「要笑」才有「藥效」。(廣告)
3. 大肚能容，容天下難容之事；開顏一笑，笑世間可笑之人。(對聯)
4. 只要你笑，你就能笑出自己的眉目。(周夢蝶)

「繪畫性」可自字形上加以辨析，如時鐘十點十分、C 的形狀(橫看)；也可自聲音(和「嘻」音同)上加以連結；第一例自譬喻中指出幽默是語言藝術之花；第二例藉由譬喻，指出幽默是開低走高，化解困境；第三例以「陽光」譬喻，強調只有笑才能化解憂愁，

1 張春榮、顏荷郁：《世界名人智慧語》(臺北市：爾雅出版社，2008年)，頁117。

只有多笑才能讓自己開心，開心面對一切。反觀「音樂性」中第一例是同音的「雙關」，「笑話」的功能猶如酵素，可以「消化」腹內的不適、心中的不愉快；第二例自「要笑」、「藥效」的雙關中，強調百善心情「笑」為先，積極開朗，甚至不藥而癒；第三例藉由「類字」（第一、第三的「容」、「笑」）、頂真（第一、第二的「容」、「笑」），重出逞能，強化律動，點出「笑容」中「容」與「笑」的本領所在，在於能「容天下難容」、「笑世間可笑」，才是真正的豁達幽默；第四例亦自「笑」的重出，強調唯有笑，才能無拘無束，開朗自在。

綜上所述，可說者有二：第一、由「繪畫性」切入，始於字形的組合排列，次於意象的運用。在字形的組合排列上，即辭格的「析字」、「鑲嵌」；在意象的運用上，即「譬喻」、「轉化」、「示現」、「象徵」等以想像力為主，第二、由「音樂性」切入，立足語詞特性（平仄、雙聲、疊韻、押韻），或藉由音同、音近的聯想，自「雙關」音義開展（尤其是「反襯」、「反諷」的變化）；或輔以「類疊」、「頂真」、「回文」、「映襯」、「排比」等，綜合運用，邁向思維力的推衍、深化。

至於「意義性」，可包括概念意義與聯想意義；前者即抽象思維中，「情」和「理」的抒情與表意，後者即形象思維中的「感染力」與「穿透力」，直指「情之幽微」、「理之乍顯」的感染與感悟。

第二節　修辭三性的賞析

修辭教學的賞析，不管在詩（古典詩、現代詩、童詩）、散文（古典散文、現代散文）、小說、戲劇、電影，均可自繪畫性、音樂性、意義性切入，化繁為簡，化簡為易，形成創造性的閱讀，展現「不同思路，不同出路」的探索，豐富賞析中靈活多樣的教學向度。

就繪畫性而言，主要掌握語境中的「意象」，藉由單一意象的

「性質」、「關係」，藉由意象群的「組合」、「連結」，分析意象系統所形成的變化與「象徵」。

一　意象分析

單一意象的分析，可以自意象的「性質」、「關係」上加以剖述。以「風箏」的意象為例，大略可以根據四個「性質」，加以延伸：

（一）飛翔

1. 扶搖直上，小小的希望能懸得多高呢
   長長一生莫非這樣一場遊戲吧
   細細一線，卻想與整座天空拔河
   上去，再上去，都快看不見了
   沿著河堤，我開始拉著天空奔跑（白靈〈風箏〉）
2. 雲上孤飛的冷夢，何時醒呢？
   風太勁了，這顆繃緊的心
   正在倒數著歸期，只等
   你在千里外地收線，一寸一分（余光中〈風箏怨〉）

（二）限制

1. 風箏飛得再高，也飛不過天，
   風箏飛得再遠，也遠不過地平線。（秋實）
2. 我們只知道不把風箏帶到樹林裡去放，卻常常在其他方面做著在樹林裡放風箏的事！（馬森）

（三）脆弱

1. 你說，你真傻，多像那放風箏的孩子

本不該縛它又放它
風箏去了，留一線斷了的錯誤；
書太厚，本不該掀開扉頁的；
沙灘太長，本不該走出足印的。（鄭愁予〈賦別〉）

（四）限制的自由

1. 人最大的自由是繫在一根線上。
   這是風箏說的。（洛夫）
2. 要一路逆風，才能上揚；有逆風的忍受，才有飛翔的享受。

就「飛翔」的性質而言，第一例當風箏高聳入「天」，則轉換成與「整座天空拔河」、「拉著天空跑」的移情作用；第二例遊子在外，天涯單飛，正是高懸的「冷夢」、「繃緊的心」線的方向，正是心的方向，情繫故園，心繫伊人；無不形成各自心理經驗的「關係」寫照。就「限制」的性質而言，第一例指出「風箏」有涯，「天」、「地平線」無涯，這有涯與無涯的對抗，下場老早已注定；第二例指出人們常常在不對的地點，做徒勞無功的事，不知審時度勢；凡此，即景物和事理相同的類比。就「脆弱」性質而言，不好好握住手中的線，任意放手，風箏杳如黃鶴，消失在天際。一旦年少輕狂，不好好「疼惜」當初戀情（感情線），很容易以分手收尾，徒留傷感慨嘆。似此，則景物與情感的類比。就「限制的自由」的性質而言，第一例是「風箏」的觀點，指出「人最大的自由」並非毫無定點的限制，而是「知止而後有定」的極限運動，挑戰生命的最大張力，迎接廣宇悠宙中無法預估難以逆睹的可能；第二例闡明風箏飛翔的道理，並非順風，而是逆風；面對氣流所夾的攻角，攻角太小，兜不住；攻角太大，被吹翻。如何保持適當的角度，就靠著人的操控；似此，即強調生命的高度、主體性的意義所在。而藉由以上「性質」的客觀掌握，才能發揮各自情理上不同「關係」的推衍。

同樣，以「草」為例，可以根據「草」的四個「性質」，加以「關係」的開展：

(一) 渺小

1. 小草偷偷從土裡鑽出來，嫩嫩的，綠綠的。園子裡，田野裡，瞧去，一大片一大片滿是的。(朱自清〈春〉)
2. 被烤得死去活來的小草
   再怎樣平反
   都是一樣枯焦

   卑微的心
   只希望
   阿諛的向日葵們
   別再捧出
   一個又紅又專的
   炎陽（非馬〈小草〉)

(二) 細長

1. 思君如百草，
   撩亂如春生。(李康成〈自君之出矣〉)
2. 青青河畔草，
   綿綿思遠道。
   遠道不可思，
   夙昔夢見之。(古詩〈飲馬長城窟行〉)

（三）堅韌

1. 疾風知勁草，板蕩識忠臣。（李世民〈賜蕭瑀〉）
2. 不管你待我如何
   我只有忍耐
   因為我只是小小的草
   有一天要吃你的脂肪
   然後將你掩蓋（陳坤侖〈無言的小草〉）

（四）生機

1. 野火燒不盡，
   春風吹又生。（白居易〈賦得古原草送別〉）
2. 小小的青草，你的步子是小的，但你佔有了你踏過的土地。
   （泰戈爾《漂鳥集》）

就「渺小」的性質而言，第一例中的小草是「人性化」的生動描繪，第二例中的「小草」人微言輕，但對「向日葵」的逢迎拍馬，顛倒黑白，頗有「微詞」。就「細長」的性質而言，綠遍天涯、觸目皆綠的春草，猶如細細長長的思緒，蓬勃抽長，不可遏抑（第一例）；又如綿綿不絕的心繫，日思夜夢（第二例）。就「堅韌」的性質而言，小草並不小，小草並不弱，風中勁草遂成忠貞烈士的寫照（第一例）；進而等待時機，等到敵消我長，全面反撲，贏得最終的勝利（第二例）。就「生機」的性質而言，小草永遠是「春來燒痕綠」，小草永遠以凝碧的新綠，彰顯無比的生命力，百折不摧（第一例）；而這樣的小草，小而青綠，小而細長，最終小而大遠，最後擁有全世界（第二例）。由上觀之，藉由小草「性質」的客觀掌握，可以做不同「關係」的延伸、衍生。尤其透過長時間的觀察體現，正可以發揮小草意象的深刻內蘊（「堅韌」、「生機」）。

至於在意象的「組合」上，可以自「虛實」上加以掌握；亦可自「言語生成策略」:「列錦意象」、「通感意象」、「對比意象」、「比喻意象」(雷淑娟《文學語言美學修辭》)，展開語言藝術的加工；自不同的組合「方式」:「疊加」、「貫串」、「枝叉」、「跳躍」、「對比」、「復沓」、「擴張」、「荒誕」(吳曉《詩歌與人生：意象符號與情感空間》)，加以進一步細分、運用。

其次，就音樂性而言，主要掌握語境中的「節奏」，節奏是在時間中一種規律的重複，呈現聲音中週期性的組合，形成動感的意念。其中節奏的「性質」、「關係」，往往與意義相結合，形塑韻律上的變化。

二　節奏的分析

(一) 聲韻的性質

1. 聲母是舌尖音ㄗ(如「孜孜」、「孳孳」)、ㄘ(如「嘈嘈」、「琮琮」、「慘慘」、「惻惻」)、ㄙ(如「絲絲」、「嘶嘶」、「瑣瑣」、「碎碎」)，舌面音ㄐ(如「尖尖」、「津津」、「寂寂」、「嘰嘰」)、ㄑ(如「淒淒」、「悽悽」、「戚戚」、「切切」、「淺淺」、「區區」)、ㄒ(如「嘻嘻」、「兮兮」、「細細」、「小小」、「纖纖」、「屑屑」)，較宜描寫細小或破碎的情境。如李清照〈聲聲慢〉:「尋尋覓覓，冷冷清清，悽悽慘慘戚戚。」即迭用舌尖音ㄘ(「慘慘」)，舌面音ㄑ(「清清」、「悽悽」、「戚戚」)、ㄒ(「尋尋」)，描繪內心孤寂落寞的沈重情緒，尤其第三組疊字中「悽悽」與「戚戚」同音，更強調悲哀的聲情。

2. 聲母是鼻音ㄇ(如「迷迷」、「漠漠」、「慢慢」、「冥冥」、「懵懵」、「暮暮」、「濛濛」、「渺渺」)、介音ㄨ(如「微微」、「嗚嗚」、「兀兀」、「嗡嗡」)，適宜描寫昏暗、不明的情境。如杜甫：「蕭蕭古寒冷，漠漠秋雲低。」(〈秦州雜詩二十首〉之一)、「漠漠舊京遠，遲遲歸路賒。」(〈入喬口〉)，分別以「漠漠」形容秋雲的陰沈，京路的迷茫。

(二) 韻律的關係

韻律的關係，亦即「同聲相應，異音相從」的統一與變化。就外部而言，是押韻；就內部而言，是平仄的變化。外在韻律注意押韻的聲情效果，內在韻律注重平仄間的同音、類疊的聲情變化。如：

1. 山在那上面等他。從一切曆書以前，峻峻然，巍巍然，從五行和八卦以前，就在上面等他了。樹在上面等他。從漢時雲秦時月從戰國的鼓聲以前，就在那上面。就在那上面等他了，祇祇蟠蟠，那原始林。太陽，在那上面等他。赫赫洪洪荒荒。太陽就在玉山背後。新鑄的古銅鑼。噹地一聲轟響，天下就亮了。(余光中〈山盟〉第一段)
2. 我達達的馬蹄是美麗的錯誤
   我不是歸人，是個過客……(鄭愁予〈錯誤〉結尾)

第一例以「山在那上面等他」、「樹在上面等他」、「太陽，在上面等他」的排比敘述，展開語音和語意兩個層次的重複與變化。其中包括押韻(「荒」、「響」、「亮」)、疊字的由短而長(「峻峻」、「巍巍」、「趦趦蟠蟠」、「赫赫洪洪荒荒」)、句式的拉長(「從一切曆書以前」、「從五行和八卦以前」、「從漢時雲秦時月從戰國的鼓聲以前」)，描摹時間的長度；同時，介入類字(「在那上面等他」)、頂真(「就在那上面」)，開創出余光中散文中多層次的動感藝境。

至於第二例，均以去聲(「誤」、「客」)收尾，展現「去聲分明哀遠道」的強烈慨嘆。試若將「過客」改成「旅者」，則變成「入聲短促急收藏」，過於音啞；若將「過客」改成「旅人」或「客人」，則「平聲平道莫低昂」，收尾過於音飄上揚，無法一錘定音，無法和「錯誤」構成強化、強調的加乘效果。

至於更進一步討論作品的聲音美，竺家寧《語言風格與文學韻律》（頁77-183）細分有五：

1. 「韻」的音響效果
2. 平仄交錯與聲韻變化所造成的韻律風格
3. 「頭韻」的運用
4. 利用雙聲疊韻詞造成的韻律風格
5. 由音節要素的解析看韻律風格

分別自字（「韻」）、詞（「頭韻」、「雙聲疊韻」）、句（「平仄交錯」、「聲韻變化」）的延展綜合上，提供明確的進徑，值得由此再加深入探索篇章的整體韻律風格，進而探驪得珠，掌握聲情相偕的美感經驗。

第三節　結語

修辭寫作旨在引導莘莘學子由「語言文字」的興發與探索，邁向「生命境界」的追尋與感悟。首先，在「語言文字」的興發探索上，親近文字的「意美以感心」、「形美以感目」（魯迅《漢文學史綱要》），發揮符號的具體性，開拓形象思維的感染力，形塑栩栩如生的「具體情境[2]」。其中，由繪畫性切入，形與義接軌，是視覺智能的感

2 「具體情境」為空間並列，有畫面，以細節為主；「問題情境」是時間先後，有衝突，有變化，以情節為主。

知、感染；由音樂性切入，音與義相諧，是音樂智能的興發（聲音是有表情）、協調（同聲相應，異音相從）與召喚（具體情境的撞擊）。當然，所有語言文字的書寫，最後一定形成「形、音、義」創造性的綜合，開展「語境的生成功能」（李海林《言語教學論》），拓植豐美的語言風格，挑戰語文藝境的空間極限。此亦陳芳明力主提升白話的「生活語言」為「藝術語言」：

> 文字煉金術最奧妙之處，便是利用漢字一字多音、一字多義的特色，開發出更豐富的意義。在最短的文字裡，可以表現出氣味、聲音、顏色、溫度的意涵。[3]

所謂「一字多音」、「一字多義」可以是音義的雙關。進而為形音義的反諷、象徵，激發充滿現代感的密度、速度與深度。

其次，「生命境界」的追尋與感染，則由形象思維的感染力，邁向形象思維的穿透力；亦即在感性與知性的遷移中，主客交融；由景而情，由事而理，體悟內省智能、人際智能、存在智能的清明與理想。當此之際，語文書寫（性質、關係、組合、連結），是人與自己、人與社會、人與自然的對話，由藝術性朝向文化性的深層認知。似此「認知功能」的確立、培養，由「具體情境」的感知、感染，再至「問題情境」的感悟；由觀察力、想像力，終至思維力的分析、比較、歸納、演繹；當是語文教學與寫作教學的共同目標。

至於在賞析上，可以自語文工具本身的繪畫性（形象化）、音樂性（節奏感）、音義性（抒情說理）上，加以整體掌握，形成不同層次的分析，豐富學生認知結構的理解力。而寫作教學的表達中，更可以藉由語文三性的靈活、多樣，自意象畫面（空間召喚）與動感韻律

3　陳芳明：《很慢的果子》（臺北市：麥田出版公司，2013年），頁29。

（時間之流）的統一與變化中，展開聯類無窮、意與象諧、聲與情合的創造性書寫；自「文字、文學、文化」的根深實遂中，磨合與創發，展現書寫的「認知、技能、情意」，豐富語文教育的嶄新活力。[4]

張春榮著《語文領域的創思教學》（臺北市：萬卷樓）

4 張大春：《認得幾個字》亦指出：「語文教育不是一種單純的溝通技術教育，也不只是一種孤立的審美教育，它是整體生活文化的一個總反應。我們能夠有多少工具、多少能力、多少方法去反省和解釋我們的生活，我們就能夠維持多麼豐富、深厚以及有創意的語文教育。」（新北市：印刻出版公司，2007年），頁61。

修辭三原則

現今修辭教學，注重生活化、遊戲性與實用性。自生活中，妙用「語言的藝術」；自遊戲中，把玩修辭「形音義」的趣味；自實用中，打通「修辭與寫作」的脈絡。修辭教學，始於「語言文學的探索」，終於「生命世界的追尋」；始於語文「繪畫性」、「音樂性」的美感興發，終於「意義性」的深刻體會；成為充滿活力的語言建構，開展出「鍊字」、「鍊句」、「鍊意」三合一的生命書寫；映射「文心」的感性與知性，綻放出「道心」形象思維的豐美內蘊。

針對修辭的實用性，許多修辭教學的著作，多冠上「實用」二字，如：關紹箕《實用修辭學》（臺北市：遠流出版事業公司，1993年）、胡性初《實用修辭》（廣州市：華南理工大學出版社，1992年）、胡性初《中文實用修辭學教程》（香港：三聯書店，2001年）、王本華《實用現代漢語修辭》（北京市：知識出版社，2002年）、李慶榮《現代實用漢語修辭》（北京市：北京大學出版社，2002年）、黃麗貞《實用修辭學》（臺北市：國家出版社，2000年）、杜淑貞《現代實用修辭學》（高雄市：高雄復文圖書出版社，2000年）、劉靜敏《實用漢語修辭》（合肥市：安徽教育出版社，2003年）、李維琦、黎千駒《現代漢語實踐修辭學》（長沙市：湖南師範大學，2003年）等；或冠以「應用」二字，如：陳法今《應用修辭》（南京市：江蘇教育出版社，1991年）、彭蘭玉、王立軍《修辭應用通則》（瀋陽市：春風文藝出版社，2000年）、蔡宗陽《應用修辭學》（臺北：萬卷樓，2001）等。至於李紹林《漢語寫作實用修辭》（北京：語文，2005），則特別自「修辭與寫作」的關係上加以著墨，強調字句修辭與篇章修辭的表達。由此可見現今修辭教學的重點，始於「修辭學」的核心理論；而後取精用宏，以簡馭繁；邁向「實用」，終於「寫作」能力的綜合運用。

修辭運用原則的總綱，一言以蔽之，即「活」：一為活潑出奇，形成「有意外」的超常書寫，展現特殊多樣的表達力；二為活絡入理，形成「有意義」的認知書寫，展現深入的思考力；三為活化靈妙，形成「有意思」的趣味書寫，展現文本的豐富內蘊。

第一節　有意外

所謂「有意外」，即「人人心中所有，人人筆下所無」的變化。能運用修辭的「同義手段」，以故為新，常字見巧，開拓語言的新感性，發揮表現形式的創造力。在「同義手段」中，打破語言的慣性與惰性，重新綻放藝術符號的活力，激發新穎的審美跳躍。如果說「文學是藝術對生活的陌生化」，那麼修辭是藝術對語言的優質加工，是表達對語言常規的正偏離，是認知對語言視角的新思維。

就修辭的「有意外」而言，可以是「選擇軸」（the axis of selection）的意外，也可以是「組合軸」（the axis of combination）的意外；運用在作文上，則為「立意取材」的意外、「結構組織」的意外、「遣詞造句」的意外。簡而言之，亦即在語言層、意義層上，展現「組合」的搭配變化，展現「選擇」的視角變化，開拓嶄新語境，恢弘新穎視野；言人之所罕言，言人之所未言。須知「選擇」是一種判斷，「組合」是一種創造。

修辭中的「組合」，貴於「超常」組合，「特殊」搭配。能用一般人知道的 A，一般人都知道的 B，寫出一般人想不到的 C，充分發揮一加一大於二（1＋1＞2）的創造性書寫。以「嚴以律己，寬以待人」為例，已成為傳統文化的人際智能。早見於「躬自厚，而薄責於人（《論語》），次見於君子「其責己也重以周，其待人也輕以約」（韓愈〈原毀〉），後見於「律己宜帶秋氣，處事且帶春氣。」（張潮《幽夢影》），無非強調「責己攻短，論人取長」、「靜坐常思己過，閒談莫論人非」，揭示內省智能、人際智能的正軌，展現生命境界的理想風姿。若自繪畫性切入，可以寫成：

1. 「我」，一邊是手，一邊是戈；不是傷人，便是傷己，故人生勿太執著我相，免生煩惱。（常律法師）
2. 手拿畫筆，畫別人時是「印象派」，只管捕捉最美的光影瞬間；畫自己時是「寫實派」，一條魚尾紋也不放過。（網路）
3. 對自己要怒目金剛，對別人要慈眉善目。（沈謙）
4. 用望遠鏡看別人，用顯微鏡看自己。（網路）
5. 用公里量他人，用公尺量身邊的人，用公分量自己。（筆者）

第一例藉由字形「我」，指出勿手持兵戈，惹事生非，損人不利己。事實上，對別人要「恕」（「如心」），將心比心，看別人的優點。第二例透過「印象派」、「寫實派」的不同畫風，指出對別人要用柔焦，要帶浪漫心情；對自己要清晰聚焦，真實不欺。第三例藉「怒目金剛」、「慈眉善目」的不同法相，強調對自己要用霹靂手段，對別人要柔軟心腸。第四例藉「望遠鏡」、「顯微鏡」的強烈對比，對照出對別人要往遠處看，游目騁懷，別有一番山水；對自己要往近處看，不抑人揚己，更不護短自欺。第五例藉由「度量衡」的單位長度，層遞道出「親疏遠近」的處世哲學：對他人用「低標」，對親人用「中標」，對自己用「高標」。凡此，正是由充滿感染力的繪畫性，兜出文字的蒙太奇，帶出形象語感的新穎趣味。其次，自音樂性切入，可以寫成：

6. 自處超然，處人藹然。（崔銑）

7. 論事，須替別人想；論人，先將自己想。（弘一大師）
8. 以求人之心求己，以恕己之心恕人。（諺語）
9. 眾生的大病——不見自己過，專見別人過。（淨空法師）
10. 有己無人，是十足小人；先己後人，是世間凡夫；先人後己，是正人君子；有人無己，是大乘菩薩。（星雲法師）

第六例藉由「藹然」、「超然」，第七例藉由「別人想」、「自己想」的對比，分別自重出中（「然」、「想」）添增類字音韻，自同中有異裡點出態度的調適。第八例藉「求人」、「求己」、「恕己」、「恕人」的當句對，自流利的音韻中帶出寬朗的意念。第九例藉由「過」的類字重出，不要只會說別人的缺點。對別人要「難得糊塗」、「睜一隻眼，閉一隻眼」，對自己要「難得清明」、「照見幽微」。第十例則藉由「人」、「己」的四種處理方式，層遞對照出「十足小人」、「世間凡夫」、「正人君子」、「大乘菩薩」的境界，越來越大，發人深省。凡此，皆用語極淺，在搖曳鮮活的聲情中，親切吐屬，貼近人心。

當然，針對「嚴以律己，寬以待人」，各家別具隻眼，另有見解：

11. 要刮別人的鬍子前，請先刮自己的鬍子。（廣告）
12. 以智慧處理自己的問題，用慈悲解決他人的煩惱。（《證嚴法師靜思語》）
13. 要厚待別人，不要虐待自己。（王鼎鈞《我們現代人》）
14. 道德只宜律己，難以治人。（王鼎鈞《黑暗聖經》）
15. 莫嫉他長，嫉長則己終是短；莫護己短，護短則己終不長。（弘一大師）

第十一例為「刮鬍刀」的廣告，同時道出一般人「揚己抑人」的吹毛求疵，往往「仁慈始於自家，正義始於隔壁鄰居」（狄更斯），甚而形成「為甚麼看見你弟兄眼中有刺，卻不想自己眼中有梁木？」（《馬太福音》）的荒謬。第十二例進一步指出「嚴以律己」的「嚴」，是「白眼待己」的「智慧」，慧劍除惡斬魔，劈邪削煩惱，自應當斷則斷，明心見性；「寬以待人」的「寬」，是「青眼觀人」的「慈悲」，「慈悲」是心寬念柔，並非放縱姑息；而是細心耐心，因緣具足，輕輕化解。第十三例別具隻眼，反思過度「嚴以律己」的缺失。須知太嚴成苛，心性「郊寒島瘦」，將生機枯槁，無法活潑身心。固然「得饒人處且饒人，得律己處且律己」，也應「得饒己處且饒自己」，適時「放自己一馬」；在關心別人欣賞別人之餘，也應關心自己，欣賞自己。第十四例則自「道德」角度，看「律己治人」的有效性。「道德」強調「修己以安人」，只能「推己及人」。由於「道德是提升自我的明燈，不該是呵斥別人的鞭子」（《證嚴法師靜思語》），論及「治人」，仍要走向「法治」一途。雖說法律是最低的道德，但只有法律明文規範，依法行事，執行公權力，才能真正「治人」。可見弘一大師所謂「以儒治世，以道治身，以佛治心」中，宜加入「以法治人」一條。第十五例由「嚴以律己，寬以待人」中進一步剖析「嚴」「寬」錯置的負面效應。一旦無法「寬以待人」，終日「嫉長」，只能證明自己「嫉妒」的情緒而已。反之，無法「嚴以律己」，終日「護短」，只能空言謊言遮蔽，自我欺瞞而已，無濟於事。凡此，均為修辭中「鍊句」、「鍊意」的路徑，追求表達時的意外新穎，展現造句的感染力與立意的穿透力。

又以「人生不可能沒有遺憾」為例，不管自「因緣說」、「條件說」或「變化律」觀之，人生永遠是「未濟」，必然是「成住壞空」，逝者恆遷。自傳統經典以來，所謂「福兮禍所倚，禍兮福所伏」（《老子》）、「天地之大也，人猶有所憾」（《禮記・中庸》）、「亢龍有悔，盈不可久」（《周易・乾・象》）等，無不洞悉宇宙運行的必然，人生辯證性的弔詭。似此，攸關生命意義的追尋與語言文字的探索，可自繪畫性切入，由景而情，由事而理。如：

1. 依依脈脈兩如何，細似輕絲渺似波；月不長圓花易落，一生惆悵為伊多。（吳融〈情詩〉）
2. 不應有恨，何事常向別時圓？人有悲歡離合，月有陰晴圓缺，此事古難全。（蘇軾〈水調歌頭〉）
3. 從來好物不堅牢，彩雲易散琉璃碎。（諺語）
4. 一旦「有」，就會「囿」。（明覺〈小語〉）
5. 世上的一切福分，都有刺，能學宗教家看淡，大有好處。（思果〈得的幻滅〉）

第一例「月不長圓花易落」，自是人生的「殘念」，自是「好花不長開，好景不長在」（〈何日君再來〉）的追憶似水年華。第二例是蘇軾的「恨事不恨人」，恨「此事古難全」的艱辛奇崛，不恨「怨憎會，愛別離」的悵焉惘然，面對千古「月有陰晴圓缺」的時間意象，蘇軾有了更高更遠的照見與感悟。第三例是諺語中的民間智慧，自「彩雲易散琉璃碎」中道出美好的脆弱，美好無法長存的遺憾。第四例自「有」和「囿」（析字）的字形關係上，看出有限生命的限制，人生有待的不自由。第五例則自「玫瑰帶刺」上聯想，世上沒有不帶刺的玫瑰；就像「福氣」二字，往往「享福」也「受氣」；所以，不必太計較。似此，格言的意象化，意象與情理間不同的「組合」與「選擇」，最能在目擊道存的交會中，意在言外，開拓讀者期待視野。其次，自音樂性切入，聲情相偕，足以動人心志。如：

6. 出師未捷身先死，長使英雄淚滿襟。（杜甫〈蜀相〉）
7. 天長地久有時盡，此恨綿綿無絕期。（白居易〈長恨歌〉）
8. 生命中所有的殘缺部分
   原是一本完整的自傳裡

不可或缺的內容（席慕蓉《時光九篇・殘缺的部分》）

9. 世上的悲劇有兩種，一種是得不到你想要的，一種是得到你想要的。（王爾德）

10. 月滿則虧，水滿則溢。（《紅樓夢》13 回）

第六例杜甫在七律的平仄中，道出「英雄有淚」的遺憾，正是「時也，運也，命也，非我所能也」的深沉反諷。第七例白居易總括唐玄宗與楊貴妃的愛情史，在映襯中結合疊字，兜出「無情荒地有情天」的慨嘆，重申「胭脂淚，相留醉，幾時重，自是人生長恨水長東」（李煜〈烏夜啼〉）的感悟。第八例藉由「殘缺」、「不可或缺」的類字，強調「殘缺之必要」。因為「殘缺」，所以「深刻」；因為「殘缺」，所以「珍惜」。第九例藉由「悲劇」的雙襯，指出「擁有」的迷失。「得不到」是一種遺憾，「得到」也是一種遺憾，其中湧動著應然與實然的落差，「事與願違」的無奈扼腕。第十例亦然，藉由「滿」自重出，強調「滿招損」，須知「亢龍有悔，盈不可久」；只有「謙受益」，只有低調、謙虛才是持盈保泰的處事智慧。

歷來面對「人生不可能沒有遺憾」，大多自「積極興利」、「消極防弊」上加以化解：

11. 樂不可極，極樂成哀。（吳兢《貞觀政要》）

12. 物忌全盛，事忌全美，人忌全名。（呂坤《呻吟語》）

13. 人生之美，正在於其無常。（吉田兼好《徒然草》）

14. 你總是要擔心某些事，你才會舒服。（電影《跳火山的人》）

15. 縱使萬般不從我願，不如我意，何嘗是他人故意？
人間各種不如意，無非是人事而已。……別人的辛苦，我感覺到了。（馮翊綱〈陪我演戲的人〉）

第十一、十二例往遠處看，看出人生中「極」、「全」的流變。生命的快樂之處有空虛，火焰之處有黑暗，如何避免「樂極生悲」、「盈不可久」，正需要清明的智慧，深刻洞悉「世有四事，不可久得」(「一者有常必無常；二者富貴必貧賤；三者合會必別離；四者強健必當死」《法句譬喻經》) 的變化軌跡。第十三、十四例接受人生的「無常」、「擔心」，看出生命的悲傷之處有豐美，殘缺之處有轉圜；化排斥為接受，進而化接受為享受，得以往寬處看，得以「愛上自己的不完美，愛上對方的不完美，愛上人生的不完美」，從此多了一分寬容，多了一分柔軟。猶如第十五例所云，深深體會到「美好總有個限度」、「有限制才有真理」，體會到「人事人事，對事不對人」、「何嘗是他人故意」。似此立意的穿透力，用語極淺，用情極真，用意極深；由「修辭」而走向「修養」的「豪華落盡見真淳」，寫出一般人「沒想到」、「想不到」的視角，寫出生命的活力。

第二節　有意義

所謂「有意義」，即講究敘述的邏輯性，立意的合理深刻。除了運用修辭技巧外，更注重認知的正確，延伸的合理。大凡「有知識」、「有見識」的抽象思維，必須結合「出人意外」、「入人意中」的形象思維；而所有「人人筆下所無」的「出人意外」，必須歸結於「人人心中所有」的「入人意中」，有其合理性的意旨。

就意義的類別區分，大抵可分「概念意義」、「聯想意義」。「概念意義」立足大抵於抽象思維，與「邏輯」、「文法」相涉；邏輯是「對不對」的問題，文法是「通不通」的問題。反觀「聯想意義」立足於形象思維，與「修辭」相涉，修辭是「好不好」的問題。然而，不管採「概念意義」，做事實判斷、推理；或採「聯想意義」作價值判斷、推理；均需自「對象」的性質、關係上加以掌握。

以「數字」為例，可以自五頂思考帽[1]（白色、紅色、黃色、黑色、綠色）展開造句，形塑不同的認知：

1. 數字會說話，有幾分證據，說幾分話。
2. 數字是神話、人話、笑話、屁話。
3. 數字會說真話，事實勝於雄辯。
4. 數字會說假話，不要被唬弄。
5. 數字只是數字，僅供參考。數字不會說話，仍要靠人來解讀。

第一例自客觀的角度檢視，小心求證，持平討論。第二例自主觀的角度看待，褒貶抑揚，各有堅持。第三例強調「數據」的優點，事實歸納，不容抹煞。第四例強調「數據」的缺點，一旦樣本不同，結果也會不一樣，甚而「數據」可以造假。第五例跳開數字迷思，自水平思考加以觀察，不必盲從，也不必全盤否定，可斟酌損益，考察其中互動變化。

由上觀之，抽象思維的造句，可以造出五種不同認知；相應於形象思維，亦可造出五種不同的「聯想意義」。以「陌生人」為主語為例，可寫出五種判斷句：

1. 陌生人是還沒認識的人，不熟悉的人。
2. 陌生人是有距離的人，讓人忐忑的人。
3. 陌生人是還沒認識的好朋友。
4. 陌生人是要時時提防的人。
5. 陌生人，有的是「熟悉的陌生」，有的是「陌生的熟悉」。

1　波諾提出「六頂思考帽」，由於「藍色思考帽」是後設思考，檢視思考的方式，此處暫不處理。

第一例以客觀、平常心看待，人和人相處，本來就是「一回生，二回熟」。第二例涉及主觀經驗、個人心理感受，畢竟「害人之心不可有，防人之心不可無」。第三例是興利的廣結善緣，自然「相逢何必曾相識」，「四海之內，皆兄弟也」。第四例是防弊的高度警戒，須知「他人就是地獄」，小心「人心隔肚皮」、「人心唯危」。第五例進一步看出人與人相處的互動變化，有的「陌生」，是話不投機的隔閡，僅僅點頭交；有的「陌生」，是一見如故的投緣，恍如前生已識。似此五種「概念意義」，可以加工成：

1. 陌生人是遙遠的對岸，還看不清楚。
2. 陌生人是迷霧森林，伸手不見五指，小心不要踩到陷阱。
3. 陌生人是黑夜裡亮起的一盞燈。
4. 陌生人是一間黑店，廚房裡磨刀霍霍。
5. 陌生人，有的是「溫暖的冰冷」；永遠的荒漠，有的是「冰冷的溫暖」，荒漠中的甘泉、綠洲。

通過譬喻，藉由不同的喻體解說，展開不同向度的聯想，呈現不同意義的認知。對於陌生人，第一例是白色思考帽，初識相見，保有距離。第二例是紅色思考帽，總是覺得迷霧森林，不知前方是福是禍，心情七上八下。第三例是黃色思考帽，陌生人可以是貴人，可以是今生千載難逢的知己。第四例是黑色思考帽，陌生人是窮凶惡極，遇上了是這輩子最大的錯。第五例是綠色思考帽，在譬喻中結合反襯，指出有的陌生人是「島孤人不孤」，是「相互隸屬而各自孤獨」的人世中綻放的一朵奇葩，心有靈犀，難以置信。

其次，就「語言層」和「意義層」的相涉上，語言符號自身的意義，是藉由語言和語言的符號差異，藉由概念和概念間的辨異而形成。由語言的差異出發，細加辨析、比較，最能形塑意義，彰顯不同的思維向度，創造不同的價值判斷。以蘇軾「人生識字憂患始」(〈石蒼舒醉墨堂〉) 為例，可以對照如下：

1. 人生識字文化始。
2. 人生識字教育始。
3. 人生識字喜悅始。
4. 人生識字憂患始。
5. 人生識字智慧始。

通過第五、第六兩字的差異對照，藉由複詞選擇的不同，呈現不同意義的觀照。第一例是白色思考帽，往遠處看，看出「文字」、「文學」、「文化」的源遠流長。第二例是紅色思考帽，往近處看，指出每個人須接受教育，增長知識。第三例是黃色思考帽，往高處看，強調每個字是一扇新窗，打開知識之鑰，打開認知的喜悅，踏上心智的快樂之旅。第四例是黑色思考帽，往低處看，看出識字的缺點，知識越多，煩惱越多，為學日益，為道日損；甚至知識越高，苦難越重。第五例是綠色思考帽，往寬處看，看出轉念的工夫，看出轉折的真諦。可見人生正是始於知識，終於「化知識為智慧」的見識，自「感悟」、「開拓」的角度觀之，識字足為智慧的開端，人生境界的啟蒙。似此辨析、比較，正可看出不同思路的意義探討。

同樣，以李商隱「夕陽無限好，只是近黃昏」(〈樂遊原〉) 為例，可以藉由幾個字的更動、替換，形成不同的思維向度，呈現不同的意義：

1. 夕陽無限好，只因沒污染。
2. 夕陽無限好，只因心情好。
3. 夕陽無限好，只因近黃昏。

4. 夕陽無限好，可惜近黃昏。
5. 夕陽無限好，瞬間即永恆。

第一例是白色思考帽，自客觀角度分析，指出沒有空氣污染、沒有光害，能見度高，自然夕陽美不勝收。第二例是紅色思考帽，自主觀角度投射，自然「一片好心情，一片好風景」。當然，除了「心情好」之外，也要「運氣好」，不是每一天都能「幾度夕陽紅」。第三例是黃色思考帽，覺察「美好永遠是瞬間」，因為「瞬間」，更為「美好」，因為「將近」，因為「短暫」，所以更值得「珍惜」。第四例是黑色思考帽，慨嘆「美好總有個限度」，美好瞬間無法永遠駐足。第五例是綠色思考帽，強調「莫道桑榆晚，為霞尚滿天」（劉禹錫〈酬樂天詠老見示〉），銀髮族也有亮麗的春天，須知「天意憐幽草，人間重晚晴」（李商隱〈晚晴〉）。只要結局好，一切都完美；須知人生最後還能燦爛微笑的人，笑得最好。如此一來，語言文字的選擇，正是修辭「有意義」的探索，更是「生命意義」、「生命境界」的追尋。

最後，值得一提的是，修辭的「有意義」，建立在邏輯的正確上，拒絕「負偏離」的惡化，講究合情入理的文學成規，絕非無厘頭的語言遊戲，亦非賣弄光景的耍嘴皮。如：

1. 路邊的野花不要採，不採白不採。
2. 今年不作弊，明年當學弟。
3. 朋友妻，不可戲，一次兩次沒關係。
4. 活到老，學到老，退休金領得真不少。

四例中的銜接，均出現語病，理路不通。第一例是無聊的「採花賊」；第二例是考試違規的「歪理」（理歪而氣壯）；第三例是心存僥倖的踰越，有失莊重的輕薄心態；第四例跳躍思考，只關心「退休金」，不關心「知識經濟」，與前面的敘述不搭。四例大抵可修改如下：

1. 路邊的野花你不要採，家花沒有野花香，野花沒有家花暖。
2. 作弊被抓到，退學當小弟。
3. 朋友妻，不可戲，隨隨便便惹殺機。
4. 活到老，學到老，一事不學拙到老。

如此一來，第一例化負面思維為正向思維；第二例批判作弊的錯誤；第三例指出為人應「道義擺中間」，不可枉道速禍；第四例強調「終生學習」，學習是一輩子的承諾，學無止境。

第三節　有意思

如果說「有意外」是「形義」、「音義」結合的辭趣變化，「有意義」是語言表達規範的正確統一，「有意思」則是整體效果的耐人尋味，充滿弦外之音，意在言外，展現多層次的豐富內涵（借喻、雙關、婉曲、反諷、仿擬、象徵），綻放「厚重文本」的內蘊魅力。

就作品論而言，修辭的「有意思」，包括「語言層」的特殊表現與「意義層」的移動深化，形塑作品內蘊的多義豐富。以反諷為例，可以先抑後揚，似貶實褒，開拓喜感幽默。如：

1. 我的父親是一個樂善好施的人，他一生缺錢，但沒缺過笑聲。（巴士卡力《愛、生活與學習》）
2. 房子那麼爛，但窗戶透出來的光是溫暖的；吃的東西不多，但傳出來的笑聲都是快樂的。（錦池〈語錄〉）
3. 這個陣法過時了，但用得恰當就是好。（電影《赤壁》）
4. 她懂得實在不多，剛剛好懂得如何用更多的信任，讓我誠實。（楊照《軍旅札記》）
5. 我們山裡人是很窮的，不過我們欠缺東西，不欠缺人情。（陳丹晨〈蜀旅記食〉）

第一例中指出父親「善與貧窮相處」，雖然物質匱乏，但精神富裕，隨時都有笑容的上弦月，笑出「十點十分」的寬朗，「窮的正剩下笑聲」。第二例亦自開低走高中，開出「清貧」的智慧，在越困苦的環境，越能轉念豁達；在越匱乏的生活中，越能簡樸自足。第三例是三國孔明對周瑜陣法的批評，雖以「過時」否定，卻以「用得恰當就是好」肯定，到頭來反成「周雖舊業，其命維新」的稱譽之語，令人會心一笑。第四例指出女人雖然知識不多，但性情淳厚，雖非能說善道，但實心實意，自是一股穩定的力量。第五例強調山裡人很土，靠天吃飯，大都手頭拮据，但民風淳樸，情真意摯，那股人情味是濃郁豐盛，暖人心目。凡此敘述中，前後展開思維的移動變化，由黑色思考帽轉成黃色思考帽，在在呈現「不笑不話，不成世界」的喜感幽默。

反之，先揚後抑，先褒後貶，則語意急轉直下，形成尖銳的諷刺批判。如：

1. 我什麼都能抵抗，除了誘惑。（蕭伯納）
2. 蕭伯納是一個大好人，普天之下沒有敵人；但也沒有一個朋友喜歡他。（王爾德）
3. 他從不說一句愚蠢的話，也從不幹一件聰明的事。（羅徹斯特）
4. 公僕是人民選出來分配贓款的人。（馬克吐溫）
5. 銀行家在晴天借傘給你，下雨時便馬上討回。（馬克吐溫）

第一例開高走低，乍看正義凜然，細看才知虎頭蛇尾，根本是表裡不一，向「誘惑」舉白旗投降。第二例亦然，初看前半是恭維，看完才知倒打一耙，原來諷刺王爾德是「爛人」。第三例稱讚對方「不失言」，應為彬彬君子，但再加觀察，才瞭解對方缺乏行動力、執行力，對於該做的事卻無法堅持。第四例自定義上加以嘲諷，嘲諷現今民選的「公僕」，說是為民喉舌，卻是把人民納稅的錢放進自己的口袋；說是為民服務，結果只知貪污自盜。第五例嘲諷銀行家的偽善，當你不需要資金調度，他會對你獻殷勤，等到你有燃眉之急時，他立即抽掉銀根，翻臉如同翻書。凡此敘述，大抵高舉重摔，前三例藉由前後強烈衝突反差，帶出綿裡藏針的諷刺。至於四、五兩例，則運用白色思考帽，看出政商人物的黑色思考帽，並自名實不符的檢視上，批判其間的醜陋行徑。

由此觀之，反諷是相當「有意思」的修辭，它往往話中有話，或開低走高，或開高走低，走出溫馨喜劇，也走出寫實批判。以《阿甘正傳》（*Forrest Gump*）為例：

> 「阿甘，你在軍隊中的唯一目標是什麼？」
> 「報告班長，做你叫我做的任何事情！」
> 「他媽的，阿甘！你真是個他媽的天才，這是我聽過最棒的回答，你他媽的智商必有160分。你他媽的真是個人才，二等兵阿甘。」
> Gump! What's your sole purpose in this army?
> To do whatever you tell me, Drill Sergeant!
> Goddamn it, Gump! You're a goddamn genius! This is the most outstanding answer I have ever heard. You must have a goddamn I. Q. of 160. Your are goddamn gifted, Private Gump.

阿甘頭腦簡單，四肢發達，只知以服從為軍人天職，以班長命令為最高指導原則；衝鋒陷陣，冒險犯難，完全沒有個人意志。因此，班長連連誇獎智商七十五的阿甘為「天才」、「智商160」、「人才」，形成「反意正說」的言辭反諷。一來笑阿甘之憨，真是呆得可以了；二來流露出班長心聲。因就打戰而言，隊上最需要這類只知執行任務的士兵。似此對話，最能讓人淚中帶笑，笑中帶淚，又如《王牌大騙子》（*Liar, Liar*），當律師的爸爸（金凱瑞所飾），辯才無礙，成天撒謊。兒子看在眼裡深感厭惡。於是在生日許願時，便希望爸爸從此說實話，不再口是心非。結果，願望應驗。爸爸在法庭上不再八面玲瓏，反而口無遮攔，說出真心話，惹來麻煩，律師工作岌岌可危。在生活上，無法再虛偽應酬、惺惺作態，讓他動輒得咎，極感不便。此時前妻對他只知工作，相當不滿，決定帶著小孩遠走他鄉。而他在口吐真言的新世界裡，漸漸看出真誠是打開人與人之間的一把鑰匙，自己確實沒盡好當先生和當父親的責任。於是，趕至機場，讓飛機停了下來，同時向前妻、兒子真情告白，讓即將破碎的家庭柳暗花明，終於以喜劇收場。影片一開始，老師問起爸爸職業，兒子答道：

> 「我爸？他是個騙子。」
> 「騙子？我想你不是指騙子。」
> 「好吧！他穿著西裝到法院對法官講話。」
> 「喔，你是說他是個律師。」
> Max Reed: My dad? He's...a liar.
> Teacher: A liar? I'm sure your don't mean a liar.
> Max Reede: Well, he wears a suit and goes to court and talks to the judge.
> Teacher: Oh, you mean he's a lawyer.

在兒子心中，爸爸是標準的謊話高手，顛倒黑白，心口不一，與騙子無異。因此，面對老師問起爸爸的職業，自然以不屑的口吻稱之，最後才間接道出，原來是「金玉其外，敗絮其中」的「律師」，外表光鮮亮麗，只管打贏官司，牟取優厚的律師費，無視於言行不一，信口開河。似此對話，兒子的回答，意有所諷，話中有話，令人愕然會心，批判之意，昭然若揭。可見身為人父，務必真誠吐屬，講求信用。否則成天東混西騙，漫天撒謊，看在兒子雪亮的眼中，無所逃於天地之間，終將人格破產，無法獲得敬重。

第四節　結語

質實而言，修辭運用的三原則，第一的「有意外」，即「出人意外」；第二的「有意義」，即「入人意中」；第三「有意思」即「言外之意」。[2]其中關係，可說者如下：

一　就修辭理論而言

「有意外」注重表現論，強調創造性的變異，語言藝術的加工，發揮「繪畫性」（形文）、「音樂性」（聲文）、「意義性」（情文）的新穎選擇與組合。

「有意義」注重認知論，強調邏輯性的辨析、語言意義的規範，掌握左惱「概念意義」、右腦「聯想意義」的正確與精準。

「有意思」注重效果，強調多層次的內蘊，語境統合的豐富，開拓「語言層」、「意義層」的細膩情意與嶄新境界，往往有弦外之音，言外之意。

二　就辭格體系而言

「有意外」聚焦形象化，強調化抽象為具體，化腐朽為神奇，特

2 有興趣者，可參考張春榮：《極短篇理論與創作》（臺北市：爾雅出版社，1999年），頁27。

別善用以「想像力」為主的辭格，如譬喻、轉化（擬人）、誇飾、示現等。

「有意義」聚焦清晰度，強調事有必至，理有固然，特別善用以「思維力」為主的辭格，如映襯、排比、回文、層遞等。

「有意思」聚焦空白處，強調通篇協調的深刻，意在言外的微妙暗示，特別善用以「多義性」為主的辭格，如婉曲、象徵、反諷、悖論、雙關等。

以布袋和尚禪師為例：

手把青秧插滿田，
低頭便見水中天；
六根清淨方為道，
退步原來是向前。

全詩用語極淺，用意極深。由秧苗的細根，自然聯想至人的「六根」(眼、耳、鼻、舌、身、意)，亦應不染塵垢，保持清淨。農夫插秧的「邊插邊退」，並非「退後」，而是「向前」。結尾一句，看似矛盾，其實是「悖論」中的相反相成，以反襯手法彰顯修行的真諦，不是急著向前衝，而是停下來，去除六根的塵垢，豪華落盡見真淳，由染而淨，由迷而悟，讓自己的心成為生機盎然的良田。而打破自我極大化的「爭」、「搶」，轉成「退」、「讓」，才是修行的進路。全詩以插秧為喻，以農夫插秧動作，揭示相反相成的意蘊，這樣的警句「退步原來是向前」，打破一般人的思維，展現頓悟的高度，讓人玩味不盡；由「有意外」，走向「有意義」、「有意思」。

由上觀之，修辭運用的原則，正是由「有意外」的言之新穎、言之生動出發，邁向「有意義」的言之有物，言之有序，合乎情理；終於「有意思」的言之有趣，言之有味，貴乎內蘊。換言之，「有意外」、「有意義」是活用修辭的必要條件，「有意思」是「活用修辭」的充分條件，三者相輔相成，以故為新，以俗為雅；才能用語極新，用意極深；在「情近痴而始真，才兼趣而始化」中，靈犀妙用，轉圜活化。於是，在修辭中，莘莘學子確立知識，激發智能，按摩情意；得以展開「有意外」、「有意義」、「有意思」的學習，遂能觀摩相善，文心燦爛，進而在「立意取材、結構組織、遣詞造句」上，求新求好，綜合創思，形塑不同向度的優質書寫。

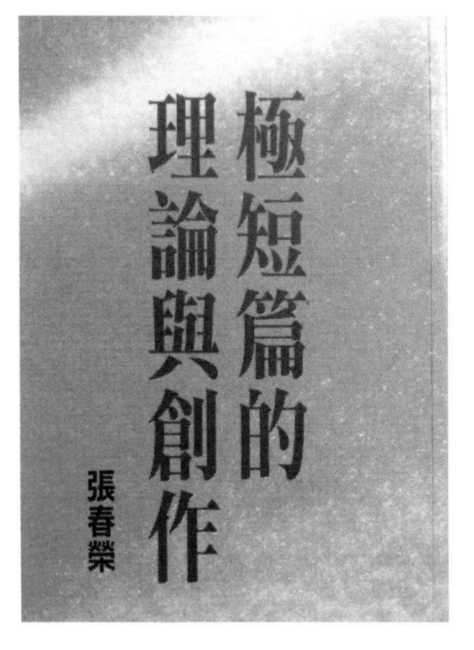

張春榮著《極短篇的理論與創作》（臺北市：爾雅）

張春榮、顏荷郁編著《中外名人智慧語》(臺北市：爾雅)

張春榮、顏荷郁編著《世界名人智慧語》(臺北市：爾雅)

修辭的思考帽

修辭的思維力，可以自「抽象思維」、「形象思維」上加以立論，進而為左腦與右腦整合兼用；諸如衛燦金《語文思維培育學》（北京市：語文出版社，1997年）、王鐵民《語言運用與思維美學》（廣州市：華南理工大學出版社，1997年）、陳滿銘主編《新式寫作教學導論》（臺北市：萬卷樓圖書公司，2007年），段建軍、李偉《新編寫作思維學教程》（上海市：復旦大學出版社，2008年）等，莫不由此聚焦，架構開展，自成思維力的系統。

實質而言，修辭的思維力，亦可調整角度，自波諾（Edward de Bono）《六頂思考帽》（*Six Thinking Hats*）切入，提供新的視野，活化修辭思維的向度。

六頂思考帽的定義如下：

> 白色思考帽：白色顯得中立而客觀。白色思考帽代表客觀的事實與數字。
>
> 紅色思考帽：紅色暗示著憤怒、狂暴與情感。紅色思考帽代表情緒上的感覺。
>
> 黑色思考帽：黑色是陰沈、負面的。黑色思考帽也就是負面的因素——為什麼不能做。
>
> 黃色思考帽：黃色是耀眼、正面的。黃色思考帽代表樂觀，包含著希望與正面思想。
>
> 綠色思考帽：綠色是草地，生意盎然、肥沃豐美。綠色思考帽

代表創意與新的想法。

藍色思考帽：藍色是冷靜的，它也是天空的顏色，在萬物上方。藍色思考帽代表思考過程的控制與組織。它可以使用其他思考帽。[1]

每一種顏色代表一種思維方式。其中「白色、紅色」、「黑色、黃色」、「綠色、藍色」兩兩一組，強烈對比，頗能統整思維的視角，由「點、線」而至「面」的開展，終至「立體」的多元觀照。

第一節　白色思考帽、紅色思考帽

白色思考帽注重客觀事實，講究訊息知性，能多向考察；紅色思考帽注重主觀感覺，講究直覺感性，多單向考察。

以「朋友」為例，兩者的修辭如下：

1. 一生一死，乃知交情；一貧一富，乃知交態；一貴一賤，交情乃見。（《史記》）
2. 君子與君子以同道為朋，小人與小人以同利為朋。（歐陽修〈朋黨論〉）
3. 朋友跟錢一樣，得到容易保存難。（巴特勒）
4. 朋友是你給自己的禮物。（史蒂文遜）
5. 人嘛，總不能沒有朋友。（《異域》）
6. 友誼不能像煙火，一年只燦爛一次。（明覺）

前三例是白色思考帽，第一例分別自兩個角度考察友情的變化。第二例客觀分析「君子之交」和「小人之交」的不同，正是「君子之交淡

1　波諾著，江麗美譯：《六項思考帽》（臺北市：桂冠圖書公司，1996年），頁30。

如水，小人之交甘若醴」(《莊子・山木》)。第三例透過譬喻，客觀說明「泛泛之交」易得，「知心老友」難覓。至於後三例是紅色思考帽，第四例指出朋友是自己挑的，同聲相應，看對眼，喜歡就好。第五例指出「在家靠父母，出外靠朋友」，路就在腳下，朋友就在相逢路上。第六例則認為朋友就是要聚聚，有互動才有溫暖。[2]

由辭格觀之，由於白色思考帽掌握「事實、數據、資訊」，因此多採「映襯」(對比)，即使譬喻說明，也力求客觀。反觀紅色思考帽偏向「情緒、直覺、預感」，因此會多用「轉化」(擬人)、「誇飾」、「移覺」、「示現」等主觀心理的辭格，即使譬喻說明，也是訴諸個人經驗、嗜好，不必有太多理由。

第二節　黑色思考帽、黃色思考帽

黑色思考帽凝視負面缺失，聚焦弊端害處，多所否定，相對批判；黃色思考帽凝視正面優點，聚焦興利向上，多所肯定，絕對堅持。

以「軟弱」、「柔軟」的思維為例：

1. 你的腰不彎，別人就不能騎在你背上。(馬丁路德)
2. 甘願當鴿子，你會被老鷹吃掉。(西諺)
3. 把自己看成羊，狼就會吃掉你。(西諺)
4. 腳底下的泥雖然很軟，但是腳步仍然要放輕。(王鼎鈞《文學江湖》)
5. 飽滿的稻穗頭要低，身段要軟。(台諺)
6. 紅塵白浪兩茫茫，忍辱柔和是妙方；
   到處隨緣延歲月，終身安分度時光。(憨山大師)

2　攸關「朋友」類型，友情書寫，有興趣者可參考筆者：《作文新饗宴》(臺北市：萬卷樓圖書公司，2002年)，頁6-12。

前三例是黑色思考帽。第一例指出「人必自侮，然後人侮之」，猶如俗諺所云：「你的頭不低，別人就不會騎到你頭上」，你不是那麼好欺負，別人就不會動不動來欺負你。第二、三例都是透過借喻，說明「軟土深掘」的弊病。哪裡有軟弱，哪裡就有邪惡；哪裡有姑息，哪裡就養奸。委曲無法求全，到頭來只有「求缺」的傷痛。後三例是黃色思考帽。第四例強調「柔軟」的智慧，要「貼心」、「細心」，不要傷害底下的人。第五例點出生活的智慧，要像飽滿的稻穗，越豐盈充實，越寬謙慈悲。因為懂事，所以慈悲；因為智慧，所以柔軟。第六例指出「柔和」是修行的良藥，尤其是能「忍辱」的柔和，不受別人的無禮所影響，亦不做別人嘴巴的奴隸，心安身安，自然能清淨、平等、正覺，法喜充滿。

由辭格觀之，由於黑色思考帽往負面想，往低處看，多消極、破壞；黃色思考帽往正面想，往高處看，多積極、建設。因此，在運用「象徵」、「反諷」、「層遞」、「頂真」等辭格上，可以寫出充滿期望、希望的「象徵」、似貶實褒的「反諷」、利多遞升的「層遞」；也可以寫出充滿失望、絕望的「象徵」、似褒實貶的「反諷」、每下愈況的「層遞」、「頂真」，端視思維開展而定。如以「團結力量大」的思考引申為例：

1. 眾志成城，聚沙成塔；手連手，心連心，泥土變黃金。
2. 「眾志成城，聚沙成塔」，聚成一座靈骨塔；靈骨塔中有三寶：孤獨、寂寞、死得早。（網路）

第一例強調團結力量大，柴多火焰高；自能化腐朽為神奇，化不可能為可能。至於第二例則藉由「聚沙成塔」的雙關引申中，轉出「靈骨塔」的必然結局。正是「城外土饅頭，一人分一個」。所有的「鞠躬盡瘁」，最後必將「死而得已」，領略「虛空的虛空」（《傳道書》）、

「千秋萬歲名，寂寞身後事」（杜甫）的悲涼滋味。而這「三寶」（仿自「東北有三寶：人蔘、貂皮、烏拉草」）正是人生的三項大獎，避之唯恐不及，來勢洶洶無法閃躲；只能徒呼負負，唏噓無言。似此戲仿，無疑一改「利多」為「利空」的逆向思維，鮮明提出另類見解。

第三節　綠色思考帽、藍色思考帽

綠色思考帽屬於水平思考（擴散思維），講究換個角度，讓世界不一樣；力求意外變化，化不可能為可能。藍色思考帽屬於後設思考（對思考的再思考），講究冷靜控制思維的過程，能看清其中的優劣得失；力求入人意中，讓演繹推理更為嚴謹，更合乎邏輯。

以「朋友」為例：

1. 海內存知己，天涯若比鄰。（王勃〈杜少府之任蜀州〉）
2. 好朋友就像天上的星星，有時候你看不見，但是你知道他在那裡。（洪蘭）

第一例是綠色思考帽，打破一般「小別會疏遠，大別變冷漠」的人際關係，藉由「天涯若比鄰」的相對聯想，呈現「君子交有義，不必常相聚」的貞定與信任。如果說友情像一條細線，它是歷久彌新的堅韌，永遠的兩地一線牽，不會讓粗魯的人一碰就斷。第二例堪稱第一例的白話版，亦屬綠色思考，強調好朋友「兩情若是久長時，又豈在朝朝暮暮」的見面。他將默默守在遠方，此心不移。但若自藍色思考帽觀之，打個電話，傳個簡訊，或來個視訊，仍有它的必要。沒事也要「聯絡」一下，絕非行同陌路。

另如以「女人是弱者」為例：

1. 女人是弱者，為母則強。(諺語)
2. 女人是弱者，為母須堅強。即使不堅強，也要裝堅強。最後由堅強的淚水中，把傷痕當酒窩，成為真正的堅強。(秋實)

第一例打破「『脆弱』呀，你的名字叫做『女人』」(哈姆雷特）的世俗觀念，跳出黑色思考帽，走向綠色思考帽。一旦女人孕育撫養另一個小生命，她的生命將因裂變而能量擴大；由至柔而堅韌，由至弱而強悍，蛻變為生活中「含淚的微笑」的勇者，成為一家中最安定的力量。第二例是藍色思考帽，剖析「為母則強」的形成過程，先是由「硬著頭皮」逼上生活的前線，送上艱難的戰場，不得不咬牙硬撐，使勁扛起；才能在巍巍顫顫中撐起一片天，變成蔽雨遮風的屋頂，由不得不的「逞強」，終成至柔至剛的強者。

由辭格觀之，綠色思考帽強調創意、新變，往寬處想，往不可能的活路走，打破形式邏輯，走向辯證性思維。因此，多運用「反襯」形式，挖掘「相反相成」的理蘊（「悖論」）；或運用「先抑後揚」的形式，展開「開低走高」的「反諷」喜劇。反觀藍色思考帽，強調「後設思考」的監督與控制，能冷靜覺察，退一步凝視，往垂直縱深看，主張「分析、比較、歸納、演繹」的統一合理，多用「對襯」形式，「總、合、總」的加以剖析，展現極精確的高度理解。

第四節　五頂思考帽的修辭

語言是心靈的最佳鏡子，修辭是思考帽的折射顯影。面對相同題材，六頂思考帽會有不同的立意，不同的思維造句。大抵白色思考帽往客觀看，往遠處想；紅色思考帽往主觀看，往近處想；黑色思考帽往負面看，往低處想；黃色思考帽往正面看，往高處想；綠色思考帽往活處看，往寬處想；藍色思考帽往冷處看，往中間過程想。尤其前五頂思考帽，特別可以自修辭造句上加以比較觀察。

以「教育」造句，即有五種立意：

1. 教育是百年大計。
2. 教育是鐵飯碗。
3. 教育是越教越憂鬱。
4. 教育是點一盞燈。
5. 教育是沙漠裡種玫瑰。

第一例是白色思考帽，指出教育是十年樹木，百年樹人，為了下一代，為了文化傳遞的生生不息。第二例是紅色思考帽，指出教育是個職業，反正吃一碗飯，為五斗米折腰，各自為稻粱謀。第三例是黑色思考帽，教育是「涼心」事業，「教授教授」，無非越教越「瘦」；站在講台上教一群「逸居而無教」的「野獸」，聲嘶力竭，無人問津。第四例是黃色思考帽，高揭教育是「良心」事業，是「經師」也是「人師」，當知識迷航時的羅盤針，當世衰道微時的精神火把。第五例是綠色思考帽，強調教育是頑石點頭的神奇魔法，化朽木為英才的創意改造工程，讓資源回收變成閃閃黃金的點金術；處處充滿奇蹟，時時充滿驚喜。

其次，以對「時間」的觀念為例，表現在「過一天」上：

1. 過一天當一秒。
2. 過一天算一天。
3. 過一天少一天。
4. 過一天賺一天。
5. 過一天當一生。

第一例是白色思考帽，自「時間長河」來看，觀古今於須臾，撫四海於一瞬，自然一天是眉睫之間，如露亦如電。第二例是紅色思考帽，自眼前來看，做一天和尚撞一天鐘，「今日事，今日畢」，只有今天是現金。第三例是黑色思考帽，自減法的角度來看，正是「日月逝於上，體貌衰於下」，正是「譬如朝露，去日苦多」，到處是「成、住、壞、空」的警訊。第四例是黃色思考帽，自加法的角度來看，所謂「人生無常」，能活一天，便是賺到；能活一天，便是老天保佑，死神打瞌睡；要心存感恩，多多珍惜。第五例是綠色思考帽，自「重質不重量」的角度來看，所謂「充實之謂美，充實而有光輝之謂大」，每一天要求「樂活」的質感，重視「精湛」的密度，於是「一花一天國，一沙一世界，一天一永恆」，讓極短的一天，變成極精悍，極精采。

復次，以對「人生」的譬喻為例，表現在「戲」的認知上：

1. 人生是一齣戲，上台總有下台時。
2. 人生是一齣鬧劇，吵吵鬧鬧也是一種幸福。
3. 人生是一齣慘劇，不忍卒睹。
4. 人生是一齣喜劇，永遠看到可喜的美好。
5. 人生是一齣荒謬劇，因為荒謬，所以幽默。

第一例是白色思考帽，正所謂「人生如戲」，再怎麼精采絕倫，再怎麼歹戲拖棚，總是要落幕，總是要下台一鞠躬，打上「謝謝觀賞」的字幕。第二例是紅色思考帽，正所謂「人之生也，其鳴也呱呱，及其老死，家人圍繞，其哭也號啕」，就是「眾聲喧嘩」，就是「嘈嘈切切錯雜彈」的人生交響樂，耳根無法清靜。第三例是黑色思考帽，人生是「殘酷舞台」，「天地不仁，以萬物為芻狗」，永遠是「人為刀俎，我為魚肉」的被欺凌，永遠是命運之神荒謬之箭的箭靶、獵物，躺在一片「以暴易暴」的血泊當中。第四例是黃色思考帽，正所謂「上天有好生之德」、「四時行焉，百物生焉」，只要跳開自我欺瞞的虛假，跳開天真無知的反諷，不計較那麼多，不那麼愛跟別人比較，將能把傷痕當酒窩，保持臉上「十點十分」，人生的「百善心情『笑』為先」。第五例是綠色思考帽，誠如馬克吐溫所云：「天堂沒有幽默，因為天堂沒有苦難。」人生充滿幽默，因為人生充滿苦難。因此，人生不只是眼淚，不只是哭聲，而是「淚中帶笑，笑中帶淚」的深層滋味，要能在越幽暗的角落，越看到亮光；在靜默的地方，越看到熱鬧；用「笑話」來「消化」人生，才是人生的「幽默」智慧。

由上造句觀之，可說者有二：

第一、以「譬喻」為中心的辭格，可以依五頂思考帽，寫出不同立意的修辭，呈現多層次的認知，邁向創造性的象徵。

第二、以「映襯」為中心的辭格，可以依六頂思考帽的兩兩相對（白與紅、黑與黃、綠與藍），在字句或篇章修辭中，呈現強烈對比，邁向批判性的反諷。

第五節　綜合運用

論及六頂思考帽的綜合搭配，波諾《教孩子思考》中提出六點「指導原則」：

1. 在一個思維程序中，某一頂思考帽可以使用許多次。
2. 一般說來，應在使用黑色思考帽之前使用黃色思考帽，因為在你持批判態度思考過某一問題之後，很難作建設性的思考。
3. 黑色思考帽有兩個用途。第一是用來指出一個想法的不足之處，然後繼之以戴黃色思考帽的思考，以便克服這些不足。第二是用來進行評估。

4. 黑色思考帽常用來作出對一個想法的最後評價。這種最後評價應繼之以紅色思考帽的思維，這樣我們就可以在評價之後看看自己的感覺如何。
5. 如果你覺得對某個問題感覺很強烈，你應該開始戴紅色思考帽的思維，以便把這些感覺公開出來。
6. 如果沒有什麼強烈的感覺，那麼你可以戴上白色思考帽來蒐集一下訊息。白色思考帽用過之後可以用綠色思考帽，看能否有其他的解決辦法。然後你可以先用黃色思考帽、再用黑色思考帽對這些辦法一一進行評價，確定一個辦法；再用黑色思考帽對其進行測試，最後用紅色思考帽看看感覺如何。[3]

綜上敘述，可概括要點有三：

第一、在搭配運用中，可觀察一個人思維的「基調」、「定勢」。由第一指導原則可知，有的人偏向知性，多採白色思考帽，有的人偏向感性，多採紅色思考帽；有的人傾向防微杜漸，多採黑色思考帽，有的人傾向興利建設，多採黃色思考帽；有的人長於挖掘另一種可能，多採綠色思考帽，有的人長於檢查每一個步驟的縝密，多採藍色思考帽。在搭配運用中，會出現不同的比例。

第二、創造性和批判性思維宜互為表裡，交相為用。由第二、第三指導原則，可見思維程序，可以由黃色思考帽移至黑色思考帽，即「惡化」一途；亦可由黑色思考帽移至黃色思考帽，即「改善」一途。就立意而言，如：

1. 他是國家未來的棟梁，棟梁裡的蛀蟲，
2. 他每天吃燕窩，吃到營養不良。

---

3 波諾著，芸生、杜亞琛譯：《教孩子思考》（臺北市：桂冠圖書公司，1999年），頁140-141。

3. 你的眼睛像月亮，一個像初一，一個像十五。
4. 我一無所求，一無所有，也就一無所懼。
5. 他沒搭上那班飛機，結果逃過死亡一劫。
6. 我癌症只剩半年可以活，我超不爽，把衣服都送人，結果這是一年前的事。(網路)

前三例均為開高走低的「惡化」，在先揚後抑中形成批判性的反諷，以黑色思考帽收尾；後三例均為開低走高的「改善」，在先抑後揚中形成創造性的幽默，以黃色思考帽收尾。似此轉折變化，正是思維開展的「正反」軌跡，反諷中有象徵，照見生命的深刻內蘊。

第三、始於紅色、白色，輔以黃色、黑色，終於綠色；藍色是對以上思維過程的檢視，力求精進、臻美臻善。如圖：

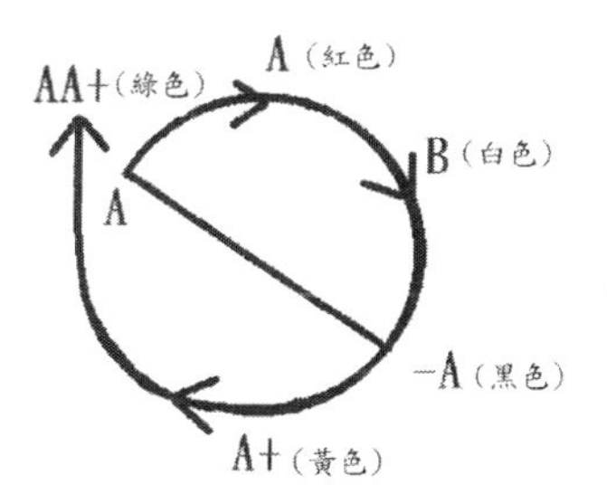

由第五、第六指導原則可知，由敘事至論理，首先訴諸個人經驗的感性（紅色）、知性（白色），提出個人的「想法」；再由經驗的啟發（黃色）、教訓（黑色），提出「看法」；復由比較、評估中找出不同視角（綠色）、可行性（藍色）的「方法」、「辦法」，最後回歸個人經驗的「感悟」，立意的「見識」，形成有效的「解決」。

以王鼎鈞〈誰想念誰〉(《有詩》) 為例：

筆，究竟是想念墨、還是想念紙呢？
船，究竟是想念海、還是想念港呢？
水，究竟是想念雲、還是想念海呢？

> 火，究竟是想念種子、還是想念灰燼呢？
> 黃金，究竟想念礦、還是想念熔爐呢？
> 花朵，究竟想念蕾、還是想念果實呢？
> 聖人說，筆想念紙，紙是它的領地，它要在上面建造樓閣。船想念海，海是它的戰場，它要在裡面乘風破浪。水想念雲，雲是它的翅膀，使它化為甘霖普降。黃金想念熔爐，它急欲打造成器。……
> 花當然想念果實，到果實才功德圓滿，不負這一番櫛風沐雨。這都是聖人在說，不是筆、船、水、火自己說，黃金、花朵一句話也沒說。聖人是否真能了解黃金和花朵呢？也許真有想念蓓蕾的花，有想念礦石的黃金，可是有誰了解它們？

一開始前六行，自「移情」作用中，揣摩「筆」、「船」、「水」、「火」、「黃金」、「花朵」的心情，是回顧的莫忘初衷，還是前瞻的休戀逝水，正是紅色思考帽與白色思考帽交湧。接下來六行，聖人代為立言，往高處看，往理想處看，揭示黃色思考帽，斬釘截鐵，義無反顧。然而世事複雜，「應然」而「不必然」。最後四行，從神性而重返人性，從義理而回至人情；世上的「大事」固然偉大，但對凡夫俗子而言，還有比「大事」重要的「小事」，自甘於小情小愛的歡喜。於是，重回主體性，回到自己紅色思考帽的「感覺」、「感知」、「感悟」。

其次，筆者〈比〉(《南山青松》) 為例：

> 三十年前同學會，高中死黨老陳是「歸國學人」，頂著哈佛的光環，瑞氣千條，洋墨水滿場噴濺。抱著自由女神的大腿，遠來的和尚會念經。對於國內政經改革，未來科技遠景，他這個土博士，夾在大伙中只有洗耳恭聽的份。畢竟鍍金學歷，如倚天劍一出，誰與爭鋒。

二十年前同學會，輪到老林夸夸其談。老林「學而優則仕」，由系主任、院長、總務長、副校長，一路扶搖直上，借調至副市長。當晚桌上滔滔不絕猛爆政府「緋聞」、「醜聞」的料，讓迄今守著研究室燈光守著「學海無涯，唯勤是岸」的他，登臨「無風三尺浪，有風浪千尺」的宦海世界，這樣經歷，令他大開眼界，拍案驚奇。

十年前同學會，和老陳、老林同桌，老陳大嘆：「此身非我有。大前年健檢，肝裡有腫囊，幾乎得了敗血症，鬼門關前走一回，撿回一條命。」老林接腔，聲音不復往日宏亮，整個人瘦了一圈，沙啞訴說：「現在每個星期要到醫院報到，固定洗腎。半個月前，胃部大量出血，把家人都嚇壞了。」兩人同病相憐之餘，問起他健康狀況。他談說：「眼睛有白內障、氣喘、痔瘡不舒服……」兩人搖搖頭，一副「這算什麼？小兒科！」的神情。他知道，對於三人這大半輩子的相互較勁，自己終於在「病歷」上扳回一城。

今年小學同學會，春花穿著樸素姍姍來遲。麗雅、阿娟、素珠、月桃紛紛圍過去。「你怎麼這麼晚來？」「顧菜攤，沒閒啦！」春花淡淡回。接著這群姊妹淘嘖嘖誇她：「不簡單，捐三百萬，給母校國小蓋圖書館，真正很行！」春花靦腆道：「我學陳樹菊！以前想看書，沒書看，現在就讓小朋友幫我多看點。」他記得春花守著母親留下的菜攤，照顧弟妹，拉拔成人成材。注視小學同學中唯一能夠獲頒「傑出愛心人物獎」，聆聽她鎂光燈前得獎感言：「不好意思，現在最想做的是，趕快回家，繼續賣菜，繼續捐錢。」典範在前，他佩服得五體投地。小平民，大奉獻；小攤販，大格局，令人動容啊！他前去致意，比起春花種福田，積德不積財，大愛清流，默默行善，不比今生比來世，他當然輸了，該向她看齊才是！

第一段比學歷，洋博士大於土博士。第二段比經歷，當官勝於陽春教授。第三段比病歷，健康最重要，沒有健康什麼都將歸零。第四段比布施、積德的心力，境界更高。第一段、第二段是紅色思考帽，純屬社會價值觀，追求名，追求利，只考慮面子，風風光光，足以驕人；第三段是白色思考帽，知道面子不那麼重要，裡子的「健康」才是最大的財富，不可等同兒戲。第四段是黃色思考帽，利他是最好的利己，助人為快樂之本，愛心變清流，展現人性的光輝，似此結構，由「紅色」、「白色」，最後至「黃色」，正是由主觀、客觀，進升上揚，由生命向慧命提升。

第六節　結語

無可諱言，在思維力上，「慣性」、「惰性」是思考帽的致命傷。一個人若只用一頂思考帽，只知單向思考，一條路走到天黑，走到此路不通，不知因地制宜，靈活轉換思考帽，將成動腦的懶人，無法成為全面思考的達人。

六頂思考帽是六種思維向度的探照燈，多元、全面的看待思考，打破一般思考的「隨意」、「武斷」、「封閉」，真正發現問題，把握問題，有效的解決問題。六頂思考帽在修辭中的助益，大抵可自寫作的「立意取材」、「結構組織」、「遣詞造句」上加以掌握。

第一、立意取材

立意取材是寫作的「格物致知」，六頂思考帽是六種看物的「想法」、「方法」。攬轡總源，多一頂思考帽，多一盞敘事觀物的探照燈，多一把挖掘腦中金礦的鋤頭，得以在「立意」的「遠」（白色思考帽）、「近」（紅色思考帽）、「高」（黃色思考帽）、「低」（黑色思考帽）、「橫」（綠色思考帽）、「縱」（藍色思考帽）中形成多層次的考察，由「常識」、「知識」而「見識」，展開「點、線、面、立體」的平理如衡，照辭若鏡。以電影港片《無間道》結尾為例，臥底警察（劉德華）最終並未受法律制裁，以多重反諷立意。反觀西片《神鬼無間》，臥底警察（麥克戴蒙飾），雖一時僥倖，最終仍遭知曉內情者射殺，結尾定格在窗邊的一隻老鼠，窗後的議會金黃的圓頂，以悖論中的「對立的統一」（雙襯）立意。可見中西取材相同，文化不同，導演的立意也明顯不同。

第二、結構組織

結構組織是寫作思維的「起承轉合」，而六頂思考帽正是思維過程的「換檔」，特別在「轉」時，見出思維層次的變化。以抒情文的結構組織為例，始於紅色思考，次於白色思考，相當「虛實」章法的運用。記敘文的結構組織，始於紅色思考，次於綠色、黃色，相當「因果」章法的運用。議論文的結構組織，始於黃色、黑色，次於白色、藍色，相當「映襯」章法的運用。凡此「換檔」的定向、定量、定質，在在看出思路爬坡的升級精進，亦見結構組織的「統一、聯貫、秩序、變化」。

第三、遣詞造句

遣詞造句是修辭的「語言藝術之花」，反觀六頂思考帽則是立意的「思維認知之樹」。由表達的極態盡妍上，看遣詞造句，固然美不勝收，但也眼花撩亂。反之，由認知「六頂思考帽」的明確切入，透視根源，辨析異同，將更能掌握遣詞造句的「變通、流暢、精進、獨創」的本領所在，走向「靈活、豐富、深刻、新穎」的多樣表達。

尤其以「五頂思考帽」（白色、紅色、黃色、黑色、綠色）為例，可依相同題材（主語），造出五種不同的修辭句子；亦可依相同句型（形式），造出五種不同內容的句子；便可依相同本體或喻體（譬喻），造出五種不同的「喻解」（「喻旨」）。如此一來，遣詞造句除了「鍊字」、「鍊句」的修飾之外，更是「鍊意」（「鍊思考帽」）的準確與爬梳。如此一來，修辭寫作中的「認知」、「技能」、「情意」才能統整會通，根深實遂，花麗葉茂，呈現動人心志、發人深省的藝境風貌。

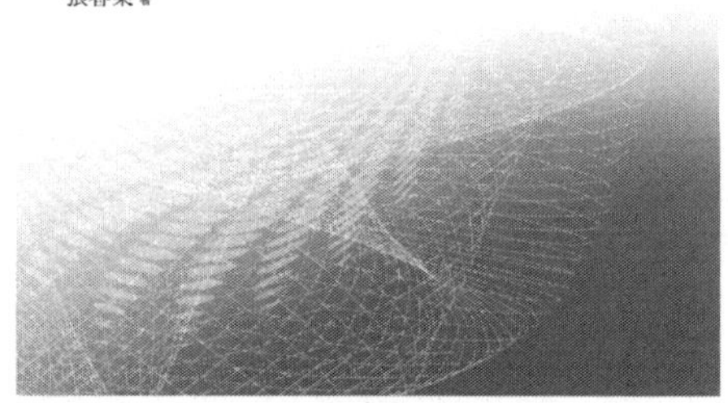

張春榮著《現代修辭學》（臺北市：萬卷樓）

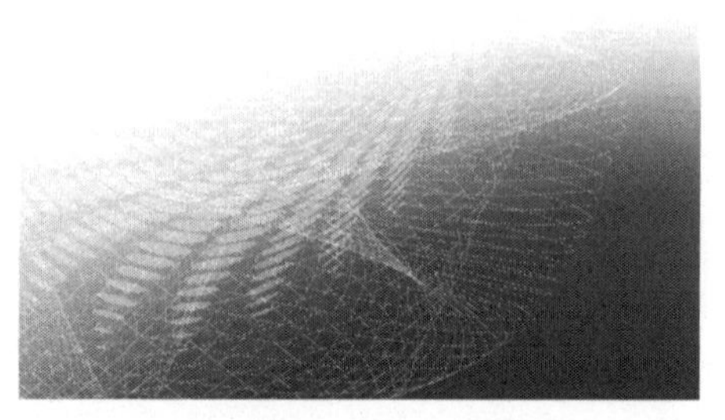

張春榮編著《現代修辭教學》（臺北市：萬卷樓）

修辭的想像力

如果說修辭中的思考帽是全真劍法，想像力則是玉女劍法，兩者相輔相成，分進合擊，威力倍增，開創「鍊字」、「鍊句」、「鍊意」的語言藝術之花。

質實而言，修辭中沒有想像力，就像天文台沒有望遠鏡，無法由已知探向未和，由眼前透視未來；修辭中沒有想像力的定位，就像開車沒有方向盤，很容易原地打轉，橫衝直撞，衝入文字土石流中，無法窺見山明水秀的瑰麗藝境。

歷來論及想像力，均自古希臘柏拉圖、亞里斯多德「聯想三律」接近（contiguity）、相似（similarity）、對比（contrast）出發，三者交相為用，組合變化。由「點」的撞擊，至「線」的延伸，再至「面」的統合，最後至「立體」的形塑，自成多樣多層的想像世界。由奧斯朋《應用想像力》（臺北市：協志工業叢書出版公司，1964），迄今創造思考著作[1]，莫不由聯想三律出發，邁向因果（causality）聯想的組合變化。似此聯想的開展，適為字句修辭擴至篇章修辭的進境，亦為創意書寫的關鍵所在，並有助於想像力系統的掌握。

想像力	接近聯想
	相似聯想
	對比聯想
	因果聯想

1 劉仲林：《中國創造學概說》（天津市：天津人民出版社，2001年），張掌然、張大松：《思維訓練》（武漢市：華中科技大學出版社，2000年），張曉芒：《創新思維方法概論》（北京市：中央編譯出版社，2008年）等。

第一節 接近聯想

接近聯想，包括「時間」、「空間」的接近，事物「性質」、「關係」的相連；亦即「物理」、「生理」、「心理」場域的接近相關。在接近聯想中，翻飛著相關意象的協調，相關聲韻的彰顯，更見情思理趣的一致與開展。就「形、音、義」而言，由接近聯想開展的辭格，有借代、拈連、雙關、頂真等。

首先，在「形」的接近上：

1. 中國人的「三不」主義是「不失控、不極端、不遠行」，結婚時的「三不」主義是「不說重話、不綁死對方、不硬撐」，成熟的「三不」主義是「不怨天、不尤人、不推卸責任」。（秋實）
2. 選另一半的條件是 ABCDE (Age、Beauty、Character、Dollars、Education)，夫妻相處之道也是 ABCDE (Appreciation、Belief、Cooperation、Dependence、Endurance)（洪炎秋《茶話》）。
3. 戀愛要有「三草」精神：兔子不吃窩邊草、好馬不吃回頭草、天涯何處無芳草。千萬不要梅花「三弄」：操弄、戲弄、玩弄。
4. 政治人物要「三無」：一無所有、一無所求、一無所懼，不可「四無」：無眼、無耳、無心、無恥。

凡此以「a」來代替「A」，正是部分代表全體的「借代」，用和本體接近、相關的「特徵」、「標誌」來替代，形成語詞上的趣味新鮮。第一例「三不」主義而言，可以一直衍生下去，如學生讀書的「三不」主義是「不記、不想、不寫」，回答的「三不」主義是「不知道、不清楚、不瞭解」。第二例中的「ABCDE」，分別代表結婚前、結婚後的不同考量。婚前，「年齡、外表、個性、財力、教育」是外在條件的選擇；婚後，「欣賞、信任、合作、獨立、包容」是婚姻品質的內在因素。由表層「ABCDE」走向深層「ABCDE」，才是婚姻的聖殿，愛的真諦。同樣第三例也可以衍生成做人要有「三草」精神：「池塘生春草、疾風知勁草、天意憐幽草」。第四例自「三要」、「四蛋」加以衍生，如政治人物要「三要」：「臉要笑、腰要軟、手腳要快」，不可「四蛋」：「臭蛋、蠢蛋、笨蛋、壞蛋」。由上觀之，借代很容易在演繹中展開接近聯想的歸納。

其次，在「形」、「義」的接近上，如：

1. 中國人的頭髮幾萬幾千年一直黑下來，黑過光榮，黑過恥辱，將來還會一直黑下去。（余秋雨《山居筆記・華語情結》）
2. 李白永遠讓人感到驚訝。我過了很久才發現一個祕密，那就是，我們對他的驚訝，恰恰來自於他的驚訝，因此是一種驚訝的傳遞。他一生都在驚訝山水，驚訝人性，驚訝自己，這使他變得非常天真。（余秋雨《新文化苦旅・唐詩幾男子》）
3. 五十二年後，當初在悅來場分手的兩位同學，才在天翻地覆的戰鬥與鬥爭之餘，重逢於北京。在巴山蜀水有緣相遇，兩個烏髮平頂的少年頭，都被無情的時光漂白了，甚至要漂光了。（余光中《青銅一夢・蜀思》）
4. 希望有三把剪刀，
   一把剪煩惱，
   一把剪長舌，
   另一把剪月光，
   織成蓆子，靜坐。（簡媜《密密語》）

四例中，均將適用於具體的語詞，順勢引申至抽象上，形成聯繫的統一與深化。此即陳望道《修辭學發凡》所謂「拈連」(「甲乙兩項說話時，趁使用甲項說話所可適用的詞來表現乙項觀念」)。第一例統一顏色「黑」，變化名詞，由具體(「頭髮」)至抽象(「光榮」、「恥辱」)。第二例統一動詞「驚訝」，變化名詞(「山水」、「人性」、「自己」，在虛實之間延伸。第三例統一動詞「漂」，剖析「漂」的程度，形成音義上的同異變化(「漂光」、「漂白」)。第四例統一動詞「剪」，變化名詞(「煩惱」、「長舌」、「月光」)，流動於心覺、聽覺、視覺之間。可見拈連是具體與抽象間「連言及之」的接近聯想。

復次，在「音」、「義」的接近上，如：

1. 她的手藝如何了得不可形容，光舉二例謹供參酌。某次，八九人在她家吃飯，不乏學界教授，一喊開動，竟有五分鐘左右鴉雀無聲，待抬頭，放在某位教授面前的一盤紅糟魚竟然、竟然、竟然「體無完膚」了，坐旁邊的另一位教授愣了一愣，眼眶含淚看著大家，語帶諷意：「有沒有人要吃『魚翅(刺)』……，而且是排翅(刺)！」(簡媜《老師的十二樣見面禮・伙伕頭求生術》)
2. 人生真的不如意，講到菸，就火著(火大)；講到賭，人就氣(去)；講到檳榔，人就吐。火車越坐越「火」，汽車越坐越「氣」，步行也是越走越「不行」。(秋實)
3. 「杜子美，就叫 Jimmy Tu 吧！」
「韓昌黎……我就說印 Charlie Han 好了。」
「您老不是字仲尼嗎？」老闆笑道。
「對啊。」孔子滿臉期待。
老闆大叫：「就印 Johnny Kong 好了！」(余光中《青銅一夢・孔子印名片》)

4. 賈島醉來非假倒，
劉伶飲盡不留零。（唐寅）

凡此音近、音同造成雙重（甚至三重）意義的辭格，即是「雙關」。「雙關」始於聲音的近同，終於意義「表層」和「深層」的變化。第一以「魚翅」雙關「魚刺」、「排翅」雙關「排刺」（「排斥」），是由聲音的接近，走向意義「綿裡藏針」的諷刺。第二例自語言系統的轉換（國語、台語），在「火著」雙關「火大」、「人就氣」雙關「人就去」、「人就吐」的享受與拒吃、「火車」雙關「越坐越火」、「汽車」雙關「越坐越氣」、「步行」雙關「不行」中，展現語音聯想的機智，折射生活中自我嘲諷的趣味。第三例亦自語言系統的轉換（國語、英語），在音譯的聯想上，讓杜甫（字子美）、韓愈（字昌黎）、孔子（字仲尼）有了「現代感」的英文名字，令人耳目一新，為之莞爾。第四例則自名字的音近上加以連結，「賈島」雙關「假倒」、「劉伶」雙關「留零」。又如另一對聯「兩舟並行，櫓速不如帆快；八音齊奏，笛清難比蕭和。」其中「櫓速」雙關「魯肅」，「帆快」雙關「樊噲」，「笛清」雙關「狄青」，「蕭和」雙關「蕭何」，特顯話中有話的機智巧思，凡此均為音義中接近聯想的妙趣。

最後，在「音」、「義」銜接上，如：

1. 在我眼中你是一團光，光裡有聲，聲裡有淚，淚裡有叮嚀。直到今日，那光仍在，那聲仍在，那淚仍在，叮嚀仍在。（王鼎鈞《左心房漩渦．失名》）
2. 這種自我，非常強大又非常脆弱。強大到天地皆是自己，任憑縱橫馳騁；脆弱到風露也成敵人，害怕時序更替，甚至無法承受鳥鳴花落，香草老去。（余秋雨《新文化苦旅．詩人是什麼》）

3. 愛情是愛上對方的贅肉。如果她是胖，胖是美；如果她是瘦，瘦是美。（果子離）
4. 仇恨之所以入人深刻，實因仇恨過於簡單。簡單到不用思考，簡單到經不起思考。（張大春）

凡此上下文間，結尾和開始的「相同」（包括同字、同語、同句）環扣，上鄰下連，前頂後接，即是「頂真」。第一例藉「光」、「聲」、「淚」的銜接，呈現視覺、聽覺中的迷離情境，言猶在耳，念茲在茲。第二例藉「強大」、「脆弱」的雙襯頂真，進一步衍生補充屈原的複雜心理。當生命昂揚上抗，可以目無餘子，天地任我行；當退縮畏怯，則是弱不禁風，禁不起任何風吹草動。第三例藉「胖」、「瘦」頂真，引申說明愛情的「理由」，不在優點，也不在缺點，而在於「沒什麼理由」。只要看對眼，燕瘦環肥都是「特點」，都特別迷人。第四例以「簡單」頂真，補充說明「仇恨」情緒的機械反應，無非「一刀切」，無非「二分法」的「非我族類，其心必異」；回到最原始的野蠻，回到最盲目的無明，於是只懂得以眼還眼，讓世界變得更瞎眼；以牙還牙。讓世界更毒牙；以暴易暴，讓世界更殘暴。凡此均為環扣銜接的補充衍生，在接近的聯想中開展更細密更深入的敘述與描繪。

第二節　相似聯想

相似聯想包括「形態」、「性質」的類似，事物「神態」、「關係」的類似。在相似聯想中，湧動著「具體與具體」、「抽象與具體」、「抽象與抽象」的類比，形塑「人、物、景、情、事、理」間充滿感染力的鮮活情境。歷來運用相似聯想的辭格，主要有譬喻、轉化（擬人）、象徵、排比等。

就譬喻而言，譬喻是「以不類為類」的相似聯想。如：

1. 愛情是一棵樹，在枯葉沒有掉落之前，不適合增添新綠。（隱地〈愛情〉）
2. 人生像一杯茶，不會苦一輩子，但總會苦一陣子。（網路）
3. 夢是一條絲
   穿梭那不可能的相逢。（敻虹〈夢〉）
4. 孤獨的小舟都是歪斜地擱著
   全世界的沙灘都是如此的
   而如同歪斜的頭
   裡面充滿著悲哀（方旗〈小舟〉）

第一例自「愛情」、「樹」的相似上展開聯想。要斬落對前男友、前女友的情私，才能展開新戀情。當斷不斷，反受其亂。第二例自「人生」和「茶」的功能上，展開相似的聯想，茶剛開始，有時會澀澀，但細加品茗，則潤喉回甘。此正可和俗諺所云：「會吃苦，吃苦一陣子；不會吃苦，吃苦一輩子。」相互輝映。第三例自「夢」、「絲」的細長、縹緲上，展開具體喻抽象的聯想，打破「夢如人生」、「人生如夢」的慣性思維，展現「夢是人生的延長」的積極意涵。第四例自「小舟」、「沙灘」和「歪斜的頭」、「悲哀」的相似情境，展開沾滿淚水的連結。在以人喻景中，照見「野渡無人舟自橫」，橫在荒涼的沙灘；「傷心人別有懷抱頭自歪」，歪在一片悲哀的心緒裡；進而以抽象（「悲哀」）喻具體（「沙灘」），自是一片心情，一片風景。

其次，就轉化而言，轉化是「人性化」的移情作用，「物性化」的內模仿作用，「形象化」的化抽象為具體。如：

1. 萬山不許一溪奔，
   攔得溪聲日夜喧；
   到得前頭山腳盡，
   堂堂溪水出前村。（楊萬里〈桂源鋪〉）
2. 咬定青山不放鬆，
   立根原在破巖中；
   千磨萬擊還堅勁，
   任爾東西南北風。（鄭燮〈題竹石〉）
3. 蠟燭是喜歡站著看，用火張開看的眼睛，卻把看到的一切都還給了灰燼。（杜十三〈蠟燭〉）
4. 腳指頭戴著一頂俏皮的豔紅小帽，傷口齜牙咧嘴對我笑，鮮血在快樂地唱著雄壯的進行曲。（鍾怡雯〈傷〉）

均自「人性化」的移情作用中，展開相似聯想，第一例將「溪」、「萬山」擬人，類比人生對抗的情境，溪水自是突破萬難，堅持勇銳意志，追逐理想未來。第二例將「竹」擬人，以「咬定」、「立根」、「千磨萬擊」的堅忍不拔、迎向挑戰，展現竹子生命的強度與昂揚韌性。第三例將「蠟燭」擬人，蠟燭是火的使者，在燃燒中擁抱光明，擁抱生命，擁抱灰燼，是悲劇英雄的典型，更是「蠟炬成灰淚始乾」的現代殘酷版。第四例將「腳指頭」擬人，「傷口」擬物（一頂俏皮的豔紅小帽）；再將「傷口」、「鮮血」擬人，成為「極視聽之娛」的喜感情境。

再次，就象徵而言，象徵是情與境偕，一象多義的相似與延展。如：

1. 正面反面皆可照人的鏡子來。……拿起那「寶鑑」來反面一照，只見一個骷髏兒立在裡面。……便將正面一照，只見鳳姐站在裡面，點手兒叫他。（《紅樓夢》十三回）

2. 一雙眸子空空茫茫，給日頭殛瞎了似的。只管愣瞪著天上一團月亮，淫黃、淫黃，從萬福巷那一排娼家矮簷後而靜悄悄浮昇上來。（李永平〈赤天謠〉）

3. 斑白直立的樹幹顯得高䠷，圓幣形葉片十分平滑。一排白色骨幹開展如恆河沙數的金幣之葉，純粹且尊貴，於高山秋寒中窸窣低吟，因風而飛，自成一絕美國度。置身其中，仰望陽光下這金碧輝煌的小國，瞬間，我的心被美充滿，如在聖殿。頓覺白楊樹一年一度說法，對他人說的是韶光易逝，生命苦短；對我說的是，即使世態混沌江湖炎涼，即使知音離席讀者棄絕，即使門前荒草沒膝枯枝擋路，一個文學國度的人也應守護純粹且尊貴的心靈。沒有任何人觀賞，白楊依然是白楊，遺失讀者的作者不遺失自己的筆依然是作者。一世總要堅定地守住一個承諾，一生總要勇敢地唾棄一個江湖。（簡媜〈風中的白楊樹〉）

4. 綠色的風箏又更靠近了，略微升高到我們的上方，對我所設下的陷阱渾然不覺。「看著，索拉博。我讓你看看你父親最愛玩的把戲，古老的上升下潛技巧。」

   索拉博站在我身邊，鼻息加速。他手掌中的線軸轉動，傷痕累累的手腕上的肌腱宛如雷布巴琴的琴弦。此時我眨眨眼，在那一瞬間，握著線軸的是那個兔唇男孩長著厚繭、指甲缺裂的雙手。我聽到遠處有一頭牛哞哞叫。我抬頭望。公園鋪滿新雪，閃閃銀亮，白潔眩目，灼傷我的眼睛。雪花悄悄灑落在白色的樹枝上。我聞到蕪菁醬拌飯的味道。桑葚乾、酸橘子、鋸屑和胡桃。萬物俱寂的寧靜，雪的寧靜，掩蓋了所有的聲音。然後，遠遠的，在山丘的那一邊，有個聲音呼喚我們回家，瘸了右腿的那個男人的聲音。

   綠色風箏在我們正上方盤旋。「他就要衝過來了。隨時。」

> 我說。我很快瞥了索拉博一眼，又回頭看著我們的風箏。（胡塞尼《追風箏的孩子》）

凡此透過具體形象的媒介，間接加以陳述的表達方式，即「象徵」。象徵的重點在以具體「徵」抽象，具體和抽象之間，有社會文化的關聯，更有「能旨」（符旨）和「所旨」（符徵）間的暗示性、相似性。第一例中賈瑞貪王熙鳳美色，反遭王熙鳳設局受風寒，染病在床。和尚和道人送來「風月寶鑑」，聲稱可以治病。「風月寶鑑」的鏡子，在此變成「心」的傳統象徵。一心可開兩面：正面，暗示直覺感性，沉迷表象；反面，暗示空性悟性，看清真相。無奈賈瑞色迷心竅，只有形氣之私，毫無清明之知，終至迷戀鏡中幻象，脫陽而死。第二例中的「月亮」，由於是「淫黃、淫黃」，而非「潔白、明淨」，在李永平小說中變成特殊超常的象徵。淫黃月亮統領黑暗世界，遍照邪惡角落，暈染敗德的氛圍，毫無「千江有水千江月」的明朗觀照，只有「人心唯危」的獸性投影。第三例中的「白楊樹」，不再是傳統「死亡」的意象，揮別「白楊多悲風，蕭蕭愁殺人」的淒涼陰影，一躍而為北地雪國平野中「絕美」形象的堅持。對簡媜而言，其中意義有二，表層是「韶光易逝，生命苦短」的固定象徵，深層是「守護純粹且尊貴的心靈」、「一世總要堅定地守住一個承諾」的特殊象徵。當此之際，「白楊」的「白」，不再是消極的屍白，而是積極的純粹。第四例為整本小說的結尾。此時，不再是童年阿米爾和哈山在阿富汗「風箏大賽」的反諷，而是阿米爾和索拉博（哈山之子）在美國的象徵。「風箏」由昔日的「限制」、「脆弱」，一躍而為「限制的自由」、「脆弱的韌性」。阿米爾走出當年的懦弱，在贖罪的過程中得以跳出靈魂的黑洞，飛翔在照顧、關愛自己姪兒索拉博上。索拉博也得以告別悲慘的境遇（和哈山一樣），重新像風箏，飛翔在自由的國度，飛翔在嶄新的國度。於此，風箏既是阿米爾心境的象徵（由當年哈山為阿米爾追風箏，及至今日阿米爾為索拉博追風箏），亦是索拉博今日心境的迎風寫照。

最後，就排比而言，排比是用三個或三個以上「結構相似、語氣一致、字數大致相等的語句」，展開同一範圍的敘述。如：

1. 圖書館是書的集中營，知識的保險櫃，天才的公墓。（王鼎鈞《有詩》）
2. 留一碗飯給人，不會變窮。開一盞燈給人，不會變窮。搭一座橋給人，不會變窮。我們一生不會因捍衛三個台階而千古流芳，卻有可能因替人開路而種下福田。（簡媜《老師的十二樣見面禮．拄枴杖的小男孩》）
3. 樹的方向，由風來決定；花的方向，由陽光來決定；歷史的方向，由人民來決定，人生的方向，由理想來決定。（秋實）
4. 天上星多月不明，地上坑多路不平。
河中魚多攪渾水，世上官多不太平。（清民謠）

凡此均是平行的排比，用以表達「共相的分化」，表現「多樣的統一」，呈現異中有同的相似情境。第一例自「多」的視角取譬，就變成「書」的集散地，「知識」的安全保護區、「天才」的「智慧結晶」的展示場。第二例自「種福田」的視角，提出「助人」的利人利己。除了「留一碗飯給人」、「開一盞燈給人」、「搭一座橋給人」之外，還可以「種一棵樹給人」、「開一扇窗給人」、「留空間給人」等相似情境。第三例是四組情境的類比。樹與風起舞，花與陽光同豔，歷史與人民共業，人生與理想齊飛，要掌握主體的創造性。第四例亦為四組情境的類比，群星爭輝，坑多傷路，魚多攪濁，官多亂世。當然除此之外，仍可再加推衍：「世上人多心不平」、「職場混多不公平」、「黑道槍多不安寧」、「路上車多耳不寧」等。

第三節 對比聯想

對比聯想，包括「相對」與「相反」兩類。聚焦事物「性質」、「關係」的相反、對立，照見其中鮮明的差異性[2]。在相對聯想中，體現「時間」、「空間」的對立，體現「物理」、「生理」、「心理」場域的不同，更體現「正」、「反」中「對立的統一」，邁向相反相成的辯證性思維。歷來運用對比聯想的辭格，有誇飾、示現、映襯、回文等。

就誇飾而言，誇飾表達方式有「放大」、「縮小」、「超前」不同方式，呈現「時間」、「空間」、「心理」的對比聯想。如：

1. 蝸牛角上爭何事，石光火中寄此身；
   隨富隨貧且歡樂，不開口笑是痴人。（白居易〈對酒五首〉）
2. 果然是紅海。沙漠與海水直接碰撞，中間沒有任何泥灘，於是這裡出現了真正的純淨，以水洗沙，以沙濾水，多少萬年下來，不再留下一絲污痕，只剩下淨黃和淨藍。海的藍色就像顏料傾盡，彷彿天下的一切藍色都由這裡輸出。（余秋雨《人生風景．萬里行腳》）
3. 我的中年情結裡摻了少年熱度與老年豁達，全心全意地在自己的工作裡養一尾小小的「野心」，浸入時間裡，看能不能養成鯨魚？（簡媜《微暈的樹林．人到中年有點傻》）
4. 沒有你，我什麼都不是。有了你，我就是世界頂峰，我就是人間帝王；有了你，我就是墜入地震，都像一個天使。但，沒有你，我什麼都不是。（蔡詩萍《愛，在天堂與地獄之間．沒有你，我什麼都不是》）

---

2 有興趣者，另可參張春榮：《一把文學的梯子》（臺北市：爾雅出版社，1993年），頁105-118。

凡此均為「放大」、「超前」的誇飾。第一例中「蝸牛角上」極其形容人生所爭，真是微乎其微；「石火光中」極其強調人生須臾，瞬間消失；真的不需要執著，要看開，開心隨喜。第二例「海水的藍色就像顏料傾盡，彷彿天底下的藍色都由這裡輸出」，極其形容「藍中之藍」、「藍色之母」，這「淨藍」是集天下之藍於此域，無出其右，無法匹敵，藍得讓人通體舒暢，淨化身心。第三例先將「野心」物性化成一尾小小的「魚」，接著在未來的情境中擴大成碧海的巨大「鯨魚」，形成空間的誇飾。第四例強調戀愛的魔力。在熱戀的光環中一躍而為喜馬拉雅山的「世界頂峰」，一躍而為富可敵國的「人間帝王」，飛翔在雲端的「天使」，在相對聯想中展開誇飾的譬喻。

其次，就示現而言，示現是穿越時空、虛擬實境的想像力。包括「追述」（回憶）、「懸想」（眼前）、「預言」（未來）三種類型。而藉由不同的組合，正可以在相對、相反的情境落差中，重新凝視，再加省思。如：

1. 「傻子！」他站在門前自責：「時間總不能倒流呀！」
   終於，他畏縮地敲了門。
   門開了，他愣住了。
   她看來的的確確仍像十七歲，就像是他們四十三年前最後一度約會時的模樣，這簡直是他記憶中的化身！
   「麗莎……」他結巴了。
   她嫣然一笑，回頭向屋裡叫著：「有人找妳，奶奶！」（阿拉斯坦．艾迪〈當我六十四歲時〉）
2. 她彷彿聽見牢獄大門啷噹關上。永別了，自由；再也不可能掌握自己的命運。逃犯的念頭，不斷在她的腦海閃過。可是她知道，自己是躲不了。她轉向新郎，微笑著重複這句話：「我願意。」（提娜．米爾邦〈抉擇時刻〉）

3. 車在顛簸，心也在顛動。恨不得有一雙長臂，兩手一伸一攬，收集天上所有的雲朵，堆成一張彈簧床，輕輕拍一拍，縱身便依偎了進去。(簡媜《水問・問候天空》)
4. 鄉民們輪流在廟埕敲鑼打鼓，咚咚嗆、咚咚嗆、咚咚咚咚嗆……，通過擴音器流傳到每個角落，原本就十分熱鬧了。現在再加上巷裡的喪事，唸經作法的聲音同樣通過麥克風傳播開來。兩種氣氛相互交融，使我們的巷子翻騰如洗衣機的水槽。

   我彷彿看到歡樂與悲哀攪拌而成的湯汁，漸漸溶入陽光，流淌於市集街坊菜圃池塘，叫盆地裡的父老兄弟姊妹們一起分享或分擔。

   (唐捐《大規模的沉默・感應》)

四例示現中，充滿錯覺的逼真，也逸出深化的感悟。第一例中，「愣住」後的接下來三行，是回憶的示現；錯覺的美感，真是「青春有張不老的臉」。最後重回現實，原來開門的是她孫女，麗莎已是垂垂老矣的奶奶。第二例是牧師在問她時的「懸想示現」。她確切知道走入「成家」的「牢獄之災」，選擇踏上紅毯的一端，即選擇放棄單身的自由，走向「枷鎖」的囚禁。於是百轉千折之餘，決定以鏗鏘的「我願意」來承受今生「有責任的不自由」。第三例是欲上青天攬雲朵的「懸想示現」。由誇飾的主觀，延伸為栩栩如生的情境，意此雲間，身比雲輕，便浮在軟白的天空雲層裡，不知今世何世。第四例寫鄉下喜慶與喪葬同響，紅色與黑色混搭的不諧場景，看在眼裡，聽在耳裡，自有「共業」的懸想示現，在荒謬中照見「共業」的父老兄弟姊妹「對立而統一」的民俗積澱。

復次，就映襯而言，映襯是將兩種相對、相反的事務或觀念，加以比較呈現。其中常見的比較，有「正反」、「有無」、「人我」、「大小」、「時空」、「今昔」、「見聞」、「情景」等。如：

1. 我說，有能力砌半道牆給別人靠一靠是做人的福氣，沒能力鋪橋造路好歹挖個坑把自己埋妥當了，才算不欠。(簡媜《胭脂盆地・春日偶發事件》)
2. 有智慧的人，從別人身上看到自己所欠缺的美德；沒智慧的人，從別人身上看到自己還未滿足的慾望。(顏崑陽《智慧就是太陽・狗的研究》)
3. 於是，浩淼的洞庭湖，一下子成了文人騷客胸襟的替身。人們對著它，想人生，思榮辱，知使命，遊歷一次，便是一次修身養性。
   胸襟大了，洞庭湖小了。(余秋雨《文化苦旅・洞庭一角》)
4. 有一些人抱著押寶的心情，你玩兩手，我押一門。有人押大，服從集權，有人押小，爭取民主，不但本省人普遍押小，外省人也越來越多，押小的人贏了。(王鼎鈞《文學江湖・胡適從我心頭走過》)

凡此均為意義上、內容上對比的映襯（形式上的對比為「對偶」)。第一例藉由「有無」(「有」、「沒」)、「人我」(「別人」、「自己」) 相對，反思做人應有的擔當，縱然無法兼善天下，一肩扛起，起碼也獨善其身，門前自清。第二例亦從「有無」(「有」、「沒」)、「人我」(「別人」、「自身」) 相對，指出智者能見賢思齊，精益求精；愚者是見不賢思齊，比差比爛。第三例藉「情景」(「胸襟」、「洞庭湖」)、「大小」相對，點出湖水的擴大、淨化功能，在「吳楚東南坼，乾坤日夜浮」中開擴生命的視野。第四例自「人我」(「你玩兩手，我押一門」)、「大小」(「有人押大，服從集權，有人押小，爭取民主」) 相對上，點出「正」「反」間的事理變化，由「正」而「反」，由「反」而

「正」，其中自有「量變質變」、「否定之否定」的弔詭變化。

最後，就回文而言，回文是上下文間，秩序顛倒相反，在形式上造成回環往復，在意義、內容上運用對比聯想，兼採逆向思維。如：

1. 對於朋友，李白也是生中求熟、熟中求生的。作為一個永遠的野行者，他當然很喜歡交朋友。在馬背上見到迎面而來的路人，一眼看去好像說得上話，他已經握著馬鞭拱手行禮了。如果談得知心，又談到了詩，那就成了兄弟，可以吃住不分家了。他與杜甫結交後甚至到了「醉眠秋共被，攜手日同行」的地步，可見一斑。（余秋雨《新文化苦旅．唐詩幾男子》）
2. 我一直想說個好笑話給你聽，但是我老了，我分不出什麼事好笑什麼事不好笑了——請問，有什麼悲劇比自烹的悲劇更悲哀，同時，又有什麼笑話比自烹的笑話更好笑。——啊，好像所有可笑的事都很可悲哀，而所有可悲哀的事又都很可笑！哦！天神啊，原諒我們吧，我們究竟在做什麼，我們自己也不知道。（張曉風《曉風戲劇集．自烹》）
3. 王壽康先生是一個談吐幽默的大漢，……他說：「有興趣的事不累，沒興趣的事不做！」他曾說：「我做學生的時候，學生怕老師，我做老師的時候，老師怕學生。我當兒子的時候，兒子怕老子，我做老子的時候，老子怕兒子。我做老百姓的時候，老百姓怕軍人，我做軍人的時候，軍人怕老百姓。」（王鼎鈞《文學江湖．我能為文藝青年做甚麼》）
4. 人生沒有那麼單純，你不理財，財不理你；你不理債，債卻一定加倍理你；你不面對現實，現實一定強悍面對你，就像你不理政治，政治仍會轉過頭來理你。這裡面有「返」的道理，「反作用力」的道理。（明覺）

自對比聯想中，回文在上下文的歷時性中展開雙向思維（正向、逆向）。第一例「生中求熟，熟中求生」，則是「沾而不滯」的交友哲學。永遠的朋友是永遠的「陌生中見熟悉，熟悉中見陌生」，可以急速加溫到沸點，也可以立刻降溫，回到原點。第二例「好像所有可笑的事都很可悲哀，而所有可悲哀的事又都很可笑」，在相對變化中，看出笑與悲哀的表裡連線。原來可笑的本質是荒謬，荒謬的滋味是悲哀。在放聲大笑之際，悲從中來；悲從中來時，又戴上笑臉面具（《V 怪客》），正是映襯中的「反襯」（相反相成）。第三例王壽康的三組回文「我做學生的時候，學生怕老師，我做老師的時候，老師怕學生」、「我當兒子的時候，兒子怕老子，我做老子的時候，老子怕兒子」、「我做老百姓的時候，老百姓怕軍人，我做軍人的時候，軍人怕老百姓」，均藉由「今昔」對比，看出「世風日下，人心不古」，以往「親師」的神聖光環，不止消失殆盡，而且整個顛倒過來，軍人也由以往的嚴父，變成慈母；人倫失格，軍紀不振，如今觀之，只能自我解嘲，苦笑以對。第五例藉由四組回文「你不理財，理不理你」、「你不理債，債卻一定加倍理你」、「你不面對現實，現實一定強悍面對你」、「你不理政治，政治仍會回過頭來理你」，呈現相對相反的兩種變化：在對立面上，彼此畫一道鴻溝（第一組），在對立發展上，則是毫不留情的反撲吞噬，無所逃於天地之間（後三組），藉由相對相反的觀照，考察世事、事理間的互動相涉。

第四節　因果聯想

因果聯想，注重前因後果的「秩序性」（「先後性」）、多因一果、一因多果的「複雜性」（「多樣性」），掌握有因必有果的「必然性」（「普遍性」）。在因果聯想中，強調「統一中有變化」、「變化中有統一」，形塑「出人意外」、「入人意中」的深度書寫。其中最主要的辭格，有層遞、反諷等。

就層遞而言，層遞立足「三等級」（三段式）推論，在層次分明、層層深入中，展開因果關係的「遞升」或「遞降」推論：

1. 國民黨失去大陸，原因很多，我總覺得主要的原因還是由於軍事失敗，而軍事失敗主要的原因，由於情報失敗，金魚缸撞保險箱，即使戰後不裁軍，即使沒有馬歇爾調停，恐怕也是這個結局。（王鼎鈞《關山奪路・山東　從洗衣板到絞肉機》）
2. 人可以通過飲食來改變耳目身心的質地。Q 想，積屎成蟲，積蟲成鳥，積鳥成獸，積獸成人，積人就可以成魔，而這一切都有賴口腹的運作。他忽然發覺有一股濃濃的獸腥味從食客們的腋胦裡萌生，耳目稍顫，一千張一萬張熟悉的豬頰狗臉交疊在他們的眉宇之間。那是昨日的食物今天的血肉明天的糞便，總在酒酣耳熱之際，以各種不同的樣態，悄悄浮現。（唐捐《大規模的沉默・口腹因緣品》）
3. 我在母親的懷裡，
   母親在小舟裡，
   小舟在月明的大海裡。（冰心〈春水〉）
4. 你站在橋上看風景，
   看風景人在樓上看你，

   明月裝飾了你的窗子
   你裝飾了別人的夢。（卞之琳〈斷章〉）

凡此皆因果關係的推論與深化。第一例分析失去大陸的「主要原因還是由於軍事失敗，而軍事失敗主要的原因，由於情報失敗」，指出關鍵中的關鍵，問題核心、根源所在。值得注意的是，此例「層遞」，兼用「頂真」，可見「接近聯想」與「因果聯想」自然組合相涉。第二例「積屎成蟲，積蟲成鳥，積鳥成獸，積獸成人，積人就可以成魔」是「遞降」的推論，一反「道在屎尿」的肯定敘述，在「萬物之靈」的人身上，只有獸性，只有魔性。反觀「昨日的食物今天的血肉明天的糞便」則是時間的「遞升」，點出食物在人身上的運作變化。第三例為「我」、「母親」、「小舟」、「大海」的空間「遞升」，在由小而大的環環相扣中，看出相互隸屬的深度和諧。第四例是「風景」、「你」、「看風景的人」三者空間關係的後設，猶如「明月」、「你」、「別人的夢」三者借景（虛實）關係的推衍。全詩藉由兩組的層遞，平行開展；似此即「因果聯想」與「相似聯想」的綜合運用，在變化中力求統一，在不同情境中照見一致。

其次，就反諷而言，反諷是表象與事實相反的表達方式，可分「言辭反諷」、「場景反諷」兩類，前者言與意反、表裡顛倒，亦稱「倒反」、「倒辭」，屬於對比聯想；後者事與願違，諷刺幽默，亦稱「結構反諷」、「處境反諷」，屬於因果聯想。

論及「場景反諷」，在結構、處境上，不外分「改善」、「惡化」兩個模式。「改善」模式，先抑後揚，開低走高，漸入佳境；「惡化」模式，先揚後抑，開高走低，每下愈況。如：

1.(1) 這些中舉的老爺都是天上的「文曲星」！你不看見城裡張府上那些老爺，都有萬貫家私，一個個方面大耳？像你這尖嘴猴腮也該撒泡尿自己照照！不三不四，就想天鵝屁吃！……

(2) 我每常說，我的這個女婿，才學又高，品貌又好，就是城裡頭張府、周府這些老爺，也沒有我女婿這樣一個相貌。（《儒林外史．范進中舉》）

2. 機關算盡太聰明，反算了卿卿性命。生前心已碎，死後性空靈。家富人寧，終有個家散人亡各奔騰。枉費了，意懸懸半世心；好一似蕩悠悠三更夢，忽喇喇如大廈傾，錯慘慘似燈將盡。呀！一場辛苦乎悲辛。嘆人世，終難定。(《紅樓夢》第五回)

3. 「你去刷牙。」

 「我漱過口了。」

 「你不刷牙，給我出去。」

 「為什麼是我出去，不是妳出去？」

 他就這樣把老婆給氣跑了。

 現在他每天刷牙。

 老婆仍無音訊。(晶晶〈刷牙〉)

4. 誰知「文革」一來，全盤皆亂，那個共產黨人被造反派打倒，與老對手關進了同一間牢房。大半輩子的對手，相互盡知底細，連彼此家境也如數家珍。年年月月的監獄生活使他們成了好友。

 「文革」結束，兩人均獲釋放。政治結論和司法判決都不重要，重要的是，兩人已經誰也離不開誰，天天在一個公園的長椅上閒坐。

 更重要的是。這一對互相追緝了大半輩子的男人，都已經非常衰老。終於有一天，一位老人只能由孫兒扶著來公園了。另一位本來也已感到了獨行不便，看到對方帶來了孫兒，第二天也就由孫女扶著來了。(余秋雨《人生風景・人生滋味》)

四例均藉由情節的因果變化，形成反諷。第一例中，范進未中舉以前，岳父屠戶對他的評價一文不值，等他中舉後，馬上改口，捧上雲霄。似此前倨後恭的「改善」，表裡不一，看在讀者眼裡，正是「沒考前，人生是黑白；考上後，人生是彩色」的「現實」反諷。第二例概括王熙鳳一生的寫照，所謂「機關算盡太聰明，反算了卿卿性命」，無非人算不如天算，天不從人願，美夢成空。一手好牌打到「樹倒猢猻散」；算計了老半天，最後被「無常」算計。當年一根手頭，頤指氣使，兩面三刀，磨刀霍霍，何等威風；如今到頭來，落得兩手空空，埋屍荒野何等悲涼。似此，即開高走低的「惡化」反諷。第三例是刷牙事件、漱口杯裡的婚姻風暴。前半，先生便宜行事，外加理「歪」氣壯，太太憤而離家出走。結尾先生修正，但太太仍杳如黃鶴。自己改掉壞習慣，但婚姻風暴仍在「惡化」的混沌中持續擴外。除非他能「拉下臉」，主動去找太太化解，「負荊請罪」。第四例始於兩人諜對諜的「仇人相見，不共載天」，孰知世事難料，竟被時代玩弄，被政治玩弄，最後成為獄中「好友」。原來最瞭解自己的，是自己大半輩子的敵手。在「度盡劫波兄弟在，相逢一笑泯恩仇」（魯迅）的「改善」中，照見今生的反諷，照見成人的盲昧。成人的「厚黑之心」，即使花上半輩子，還不一定能坐在一起。反觀小孩的「赤子之心」，只要半小時，就能相談甚歡，共度快樂時光。

其次，由上反諷四例觀之，可見因果聯想往往與對比聯想緊密結合。尤其在「起承轉合」的結構開展中，每當劇情衝突，急轉直下，形成強烈落差的「陡轉」、「逆轉」，即包含對比聯想。在對比中映現命運的反諷、天真無知的反諷、自我欺瞞的反諷，交織出生命深沉的滋味。

第五節　綜合運用

就寫作的「統一律」、「變化律」觀之，接近聯想（借代、拈連、雙關、頂真）發揮相關性，相似聯想（譬喻、轉化、象徵、排比）發揮相似性；不管如何開展變化，多以「統一律」為主。反觀對比聯想（誇飾、示現、映襯、回文）注重差異性；因果聯想（層遞、反諷）注重邏輯性；不管如何消融收束，多以「變化律」為宗。然而在「統一中求變化」、「變化中求統一」的美學要求下，接近、相似、對比、因果四種聯想，交相為用（兼用套用），相激相盪，綜合開展，最能拓植想像世界豐沛創造力。

茲以攸關生命的鍾鍊為例：

1. 故天將降大任於斯人也，必先苦其心志，勞其筋骨，餓其體膚，空乏其身，行拂亂其所為，所以動心忍性，增益其所不能。（《孟子・告子下》）
2. 惟夫計窮慮迫，困衡之極，有志者往往淬礪磨鍊，琢為美器。何者？心機震撼之後，靈機逼極而通，而知慧生焉。（袁中道〈陳無異寄生篇序〉）
3. 人類的智慧必須以邪惡的災難為基礎，只有愈絕望、愈悲哀，才愈智慧，智慧的代價未免太大了。（南方朔〈罪惡與智慧的代價〉）
4. 美德猶如珍貴的香味，在擠壓或壓迫下最芬芳。順境最易呈現罪惡，逆境最易呈現美德。（培根）

第一例自「天的意志」著眼，指出「天人」之間的「施受」變化。由對比聯想，展開相似聯想的排比（「苦其心志，勞其筋骨，餓其體膚，空乏其身」），並以因果申論，加以歸納（「所以動心忍性，增益其所不能」），形成先敘後論（「總分總」）的鏗鏘敘述。第二例自「時勢造英雄」著眼，指出「有志者」的「逆勢操作」，是對比聯想；「琢為美器」的譬喻，是相似聯想。最後，在提問中，指出其中心性鍛鍊的因果變化。須知內心機制（「心機」）並非一定優質開展，而是在痛定思痛之餘，翻上一層，才能由「情意」至「智慧」。二例均有較完整的演繹。

相形之下，第三、四例較為簡單。第三例首先概括「智慧」和「災難」相反相成的弔詭。在對比聯想中，由理入情，形成接近聯想（「愈絕望愈悲哀」）的剖析與沉痛慨嘆。第四例生動揭示「美德」和「芬芳」的相似性，繼由相似聯想，走向對比聯想（「順境」)、「逆境」）的比較剖析，展開反襯翻轉的敘述。

其次，以人物的描述為例，如：

1. 振保的生命裡有兩個女人，他說的一個是他的白玫瑰，一個是他的紅玫瑰。一個是聖潔的妻，一個是熱烈的情婦——普通人向來是這樣把節烈兩個字分開來講的。也許每一個男子全都有過這樣的兩個女人，至少兩個。娶了紅玫瑰，久而久之，紅的變了牆上的一抹蚊子血，白的還是「床前明月光」；娶了白玫瑰，白的便是衣服上沾的一粒飯黏子，紅的卻是心口上一顆硃砂痣。在振保可不是這樣的，他是有始有終的，有條有理的。（張愛玲《傾城之戀・紅玫瑰與白玫瑰》）
2. 他有精神了，侃侃而談現代台北上班族——尤其像他一樣「五子登科」每月至少十萬才能打平（加上侍奉父母、紅白獻金、弟兄彈性借貸）的中年男子隨時隨地充滿疲憊、無力感，賺錢速度永遠比不上花錢速度，只看到腳下荊棘嗅不到遠方玫瑰。（大概指沒能力奉養「外婆」——外面的老婆）為了薪水及勞保，不敢對老闆拍桌子摔板凳；為了孩子，不敢對老婆大小聲，狗還有狂吠的自由，他不如狗。（簡媜《胭脂盆地・賴活宣言》）

第一例「白玫瑰」代表「聖潔的妻」、「紅玫瑰」代表「熱烈的情婦」，是相似聯想的慣用象徵。而後自兩者對比上（「娶了紅玫瑰」、「娶了白玫瑰」），分別展開因果關係的譬喻變化（「久而久之，紅的變了牆上的一抹蚊子血，白的還是『床前明月光』」、「白的便是衣服上沾的一粒飯黏子，紅的卻是心口上的一顆珠砂痣」），並由「得到了，不稀奇；得不到，最美」的心理變化中，帶出事與願違的反諷，而張愛玲即在相似、相對、因果的三重聯想中，展現譬喻的精進力與獨創力、細膩性與深刻性。第二例自賴活的視角，談及現代台北上班族的悲情，在「五子登科」（車子、房子、妻子、兒子、金子）、「外婆」（外面的老婆）的夾縫中求生存，自雙關（「五子登科」、「外婆」）、借喻（「只看到腳下荊棘嗅不到遠方玫瑰」）的蠅營狗苟中委曲度日，表裡不一，造成反諷。而簡媜在接近，相似聯想中，展現敘述的變通力與流暢力、靈活性與多樣性。

無可置疑，接近、相似、對比、因果四種聯想的綜合妙用，展現作者書寫的自由意識與價值判斷。在創造性書寫中，藉由文字蒙太奇，形塑感染力的畫面情境，呈現穿透力的問題情境，邁向靈動變化的想像世界。

第六節　結語

接近聯想、相似聯想、對比聯想、因果聯想，是想像力的四個能力指標，運用在寫作「遣詞造句」、「結構組織」、「立意取材」上，可說者如下：

第一、遣詞造句

在遣詞造句上，明顯看出相似聯想，以譬喻為核心；對比聯想，以映襯為核心。譬喻與映襯堪稱修辭的大戶，最重要的兩大辭格。

事實上，譬喻除了建立在相似聯想上，也可以邁向充滿創造力的對比聯想、因果聯想。以抽菸有礙健康為例，寫成「菸頭上的紅光，就是你生命的熄燈號」，是相似聯想；寫成「你現在不熄滅它，以後它將熄滅你」、「每一根菸是你遺照前的一炷香」，則為強烈的對比聯想；寫成「你現在抽的每根菸，以後就是釘你棺材的釘子」、「你現在彈的菸灰，以後就是灑在你棺材四周的石灰」，則為怵目驚心的因果聯想。

同樣在映襯上，除了對比聯想外，也可以邁向因果聯想。以金錢為例，寫成「金錢是可怕的主人，但也是極佳的美人」，是對比聯想的「對立的統一」（雙襯）；寫成「金錢像肥料，堆久了會發臭，要散布才能發揮功效」，則在譬喻後，展開因果聯想的說明。「要散布才能發揮功效」，正是「有捨有得」、「捨一得萬」的相反相成（反襯）。

第二、結構組織

自章法的「圖底」、「因果」、「虛實」、「映襯」四大家族[3]觀之，概括而言，四大家族的根源均建立在二元對立上，即對比聯想。但細加比較，四大家族各有偏重。圖底家族（時間、空間）在對比之餘，多為接近聯想的延伸、轉圜。因果家族在對比之餘，特別在事件的組合、變化（改善、惡化）上，加入秩序性、複雜性、必然性的因果聯想，開展「出人意外」、「入人意中」、「言外之意」的深刻內蘊。虛實家族（具體與抽象、時空、真實與虛假」）在對比之餘，往往逐漸消融調和，再加入相似聯想，尤其在情景的象徵上。而映襯家族（映照、襯托）在對比之餘，則平行開展，再加上不同層次的對比聯想，尤其在人物（主要人物、次要人物）、情節（主線、支線）、場景（象徵、反諷）的整體運用上。

第三、立意取材

相同題材，可以有不同立意。其中關鍵在「起承轉合」中「轉」

3　陳滿銘：《章法學綜論》（臺北市：萬卷樓圖書公司，2002年），頁455。

的不同向度。在歷時性的變化，在因果聯想的展開中，形成不同轉折，採取不同聯想的立意。

試以情節設計的結尾為例，採接近聯想（亦稱「曲轉」[4]），在可以想見、可以接受的狀態中，產生小小的轉折，揭示「意之不測」的愕然。所謂「池魚之殃」、「項莊舞劍，意在沛公」即此連鎖反應的偏離。若採相似聯想（「遞升」），在事件的平行開拓中，形成更高的視野、更深的衍生，揭示「意之高遠」的觀照。所謂「後之視今，亦猶今之視昔」、「偶開天眼覷紅塵，可憐身是眼中人」即在類比中豁然遞升，擴大視野。至於採取對比聯想（「陡轉」），在難以置信、顛倒錯位中，形成巨大、驚悸的轉折，強烈映現生命的反諷情境，所謂「好心做壞事」、「竊鉤者誅，竊國者侯」，則是人間事理弔詭的深度凝視與強烈批判。以古典詩為例，如劉基〈青松與花〉：

善似青松惡似花，
看看眼前不如它；
有朝一日遭霜打，
只見青松不見花。

分別自「善」、「惡」的對比聯想中，拈出「青松」與「花」的意象，世人多愛花團錦簇，對青松敬而遠之。但一經時間的風吹雨淋霜打，形勢陡轉，青松開低走高，經霜彌茂，向上直立，引人注目；花團錦簇則開高走低，一片狼藉，難入青眼。全詩自前後對比的雙重反諷中，明白揭示「善」的頂天立地，向上提升，「惡」的魅惑，經不起檢驗，不足留戀陷溺。

相信經由以上想像力的統整，修辭不再是支離破碎的局部放射，

---

4 參張春榮：《極短篇欣賞教學》（臺北市：萬卷樓圖書公司，2007年），頁109。

不再是辭格繁瑣的各自獨立；而能經由「接近、相似、對比、因果」的聯想把握，攬轡總源，化繁為簡，在想像的原野放風箏，在文字的天空飆創意，馳騁在「鍊字」、「鍊句」、「鍊字」的書寫世界。

張春榮著《一把文學的梯子》（臺北市：爾雅）

張春榮著《極短篇欣賞與教學》（臺北市：萬卷樓）

張春榮、顏藹珠主編《名家極短篇閱讀與引導》（臺北市：萬卷樓）

第五章
修辭的創造力

運用修辭，須知修辭的重點，不在於修飾，而在於認知。藉由認知「五力」（敏覺力、變通力、流暢力、精進力、獨創力），確立知識，培養智能，激發「創造性」的表情達意，由感性而知性，由知性而悟性，寫出映射「感染力」與「穿透力」的名篇佳句，化技術為藝術，化藝術為文字的魔術，開拓語文的綠意原野，開採心田的美善金礦。

修辭的重點，在於語文美感的興發，在於創造性的思考與表達；不在於辭格分類學，亦不在於選擇題上拿高分。尤其面對辭格，不宜把辭格窄化成「修飾性」的描繪，而應將辭格還原成「認知性」的思考與想像。如何展用「認知」上的敏覺力（sensitivity）、變通力（flexibility）、流暢力（fluency）、精進力（elaboration）、獨創力（originailty），絕對是突破傳統「修辭學」的新視野，藉由語感的靈活生動、豐富多樣、細緻協調、深刻新穎的發揮，活化現今「修辭教學」，開拓與創造力結合的新契機。

就創造力而言，可說者有二：第一、創造力是限制的自由，受成規制約的建設。因此，語文表達的創造力，必須奠基於語法的「通」、邏輯的「對」上，力求語言層、意義層上的正確性，避免「負偏離」的劣質書寫。第二、創造五力自成進階系統。始於書寫者的「敏覺力」[1]，次於作品的「變通力」、「流暢力」，終於「精進

1　敏覺力屬於作者論。書寫者臨文時的反應，構思時的狀態（「腹稿」），均尚未進入實際寫作，不易檢視。因此創造力教學時，多放在「問題討論」時教師的觀察、省思。

力」、「獨創力」，足為修辭的評量指標。由於「敏覺力」不易檢視，再加以所有的創造力必須建立在正確上，因此稍加替換，表列如下：

修辭	標準	異稱
低	正確性	邏輯性
中	變通力	靈活性
	流暢力	豐富性 多樣性
高	精進力	細緻性 協調性
	獨創力	深刻性 新穎性

第一節　敏覺力

所謂敏覺力，立足先天極佳的語感，後天優質的感受力；能靈敏而快速感知語文美感所在，亦能直覺辨析其中差異，不假思索，天資聰穎。大抵「才氣縱橫」、「語文資優」者，均能在語言層、意義層上，撞擊出「智的直覺」，別開生面；均能化平常為超常，化腐朽為神奇，化熟悉為陌生[2]，展現「聽得真，看得準，想得深，寫得好」的新感性。

茲以四組對照說明：

1. 橘子熟了／橘子紅了（琦君）
2. 白色建築／白色巨塔（侯文詠）
3. 分道揚鑣／向左走，向右走（幾米）

2　參胡亞敏：《敘事學》（武漢市：華中師範大學出版社，2004年），頁194-196。

4. 樂於助人／這裡放人一馬，那裡放人一馬；這裡拉人一把，那裡拉人一把（林良）

四組中第一句是合乎文法，第二句是修辭加工，可以明顯看出文法與修辭的差異。第一組中發揮「色彩」的意義。「紅」除了指涉「熟」外，還可以代表幸福，代表血光之災兩種截然不同的意涵，影射整個劇情的發展變化。第二組中「建築」是中性語言，「巨塔」是文學語言，「白色巨塔」影射穿白袍的醫生爭奪權力尖端的故事（傳統用「杏林」）。似此連續劇的劇名，像多方折射的水晶球，能引起多義聯想。第三組中「分道揚鑣」已成固定用法的成語，無法引發新的語感。反觀幾米作品《向左走，向右走》，除了指涉「分道揚鑣」外，更增加音樂性（「向」、「走」類字），更加琅琅上口。第四組中「樂於助人」只是抽象概念的陳述，反觀林良用語極淺，用意極活，在「形象」（「一馬」、「一把」）塑造之餘，兼及造句的清亮（「這裡放人」、「那裡放人」、「這裡拉人」、「那裡拉人」）。似此兼及繪畫性與音樂性，正是語言藝術的特色，值得多加比較揣摩，心領神會。

其次，敏覺力能自然敏察覺知語文「形、音、義」的物質性，不假思索，自出機杼；於是錦心繡口，別有會意，在在結合語文智能的繪畫性、音樂性、意義性，增添「語言藝術」的多重趣味。以「形」「義」結合為例，如：

1. 官場是講關係利害之場。官字兩個口，吃人不吐骨頭。（諺語）
2. 當你擁有屋頂時，你往往忘了天空。因為一旦「有」，往往出現「囿」；一旦「求」，就成為「囚」。（明覺）
3. 愛情是用心的一門學問。「愛」要用「心」感「受」，「情」是用「心」長保「青」春的活力。（錦池）

三例均由字形（官、囿、愛、情）的組合上，帶出不同引申、詮釋，與「文字學」六書的說法有異。似此通俗顯豁的別解，當官的比老百姓多一個口，吃銅吃鐵吃到金細細；擁有時雖快樂，接著就有「囿」的麻煩；愛是自己內心感受，也要讓對方感受到，情是永保初心，長青盎然；發揮字形上的意義，別具趣味。比起一般的說法：

1. 官場八字訣：臉皮要厚，心腸要黑。
2. 擁有也有它的缺點。
3. 愛情要用心經營。

更見形象感染，更見具體出色。似此，正是藉由「形」與「義」的密切相關，進一步加以引申、發揮，使人目擊道存，醒心豁目。其次，就「音」「義」而言，如：

1. 如果不知道「知足」，將變成「不滿族」，永遠的「星光幫」、「月光族」。（明覺）
2. 對唯利是圖的人而言，理想理想，有利才想；前途前途，有錢才圖。（網路）
3. 修行修行，不只要有修有行，要能修正自己的行為；出家出家，不只要出生活的家，更要出感情的家、欲望的家。（海濤法師）

三例均自字音（「足」、「族」；「前」、「錢」；「途」、「圖」；「修行」、「修正」）的統一上加以變化，提出雙關的聯想與引申。第一例中「星光幫」不是指參加星光大道的歌唱比賽者，而指「一星期就花光光的丐幫」；「月光族」並非「在月光下的一群人」，而是「每個月都花光光，花不夠的現代一族」；第二例中除了「前途」與「錢圖」雙關外，其中「理想」和「利想」也是聲音上的雙關；第三例將「修行」二字拆開，指出「修行」是「有修有行」，除了「修心」、「修身」的知解外，還要能行動、實踐，反求諸己，進而「修正」自己行為的缺點（尤其更要能「修忍辱」，「忍字心上一把刀」，更加不易）。同樣「出家」將兩字拆開，拆出「有形」（「出生活的家」）、「無形」（「出感情的家」、「出欲望的家」）的不同枷鎖，真正由外而內，由身及心，才是透徹的放下，斷然的割捨。似此「修行」、「修正」的分析比較，「出生活的家」、「出感情的家」、「出欲望的家」的演繹對照，可說明白如話，言淺意深。尤其藉由些微差異，揭示「同中有異」、「深入淺出」的見解，平常中見深刻，最能撥雲見月，照亮迷思。

第二節　變通力

所謂變通力，力求靈活生動，觸類旁通，用不同的方式來表達，呈現「有效反應類別的總數」。就語言層而言，也括辭格本身的變通與辭格間的變通，造成形式革新；就意義層而言，則為同義手段的變通，展開格言的意象化。於是文心萬彩，浮想翩翩，連類無窮；馳騁語言藝術之花，對顯思維認知之樹。

就辭格的變通而言，以「生活」為本體，可以用不同的喻解，也可以用不同的辭格，加以描述。如：

1. 生活就像洋蔥，一片一片地剝開；總有一片會讓我們流淚。（王鼎鈞《關山奪路》）
2. 生活像一張既成之網，所行所知終究有極限處，每個人不都在各自的網中活著？（張清志《流螢點火·思念的出口》）
3. 生活並非石磨，要把你磨碎；而是像磨刀石，要把你磨亮。（秋實）

4. 現在的生活是吃得比豬少，做得比牛多，睡得比狗晚，起得比雞早。（順口溜）

其中一、二、三例，即譬喻的變通。面對同樣的本體「生活」，可以有「洋蔥」、「網」、「磨刀石」不同的喻體，分別觸類旁通，別有引申。至於三、四例，則為譬喻、映襯、排比間的變通。除譬喻外，第三例以映襯的先反後正，先抑後揚揭示生活就是要「好好活著」，展現韌性；第四例排比（四句排比）方式，多樣化的呈現生活的不堪，比「豬、牛、狗、雞」都不如。又如以「命運」為例：

1. 命運只是一張略具輪廓的畫稿，因不同的人著色而成不同的畫。（王鼎鈞《怒目少年》）
2. 命運再怎麼像一團糾纏的毛線球，它自有一套穿針引線的織法。像守承諾的老祖母，抖著手打毛衣，給你一件毛背心，不是今年就是明年，不是明年還有後年；她會給你，漂漂亮亮地。（簡媜《紅嬰仔·嬰兒崇拜》）
3. 命運特別為他開了一條縫，可是鑽入這縫之後他的人生開始一小股一小股地扭，麻花似地，離他原先構圖的書齋學院的文人生涯，愈來愈遠。（簡媜《天涯海角·渡》）
4. 命運並沒有睜一隻眼，閉一隻眼；命運既不特別垂涎於你，也不特別垂青於你。人生沒有你想像中那麼壞，也沒有你想像中那麼好。（筆者）

其中一、二例是譬喻的變通，相同的本體「命運」，可以有「畫稿」、「糾纏的毛線球」、「守承諾的老祖母」不同的喻體，而喻體可以是具體的物，也可以是具體的人。反觀二、三、四例，則是譬喻、轉化（擬人）的變通。第二例藉由譬喻，加以說明解釋；第三、四例則用轉化（擬人）形塑情境，分別說明命運的不可測，命運的弔詭雙襯，永遠禍福相倚，吉凶相藏。其中複雜變化，糾葛牽連，難以逆睹，但看個人的堅持與抉擇。

其次，就同義手段的變通而言，許多普世價值的概念，均可以在「格言的意象化」中，重新變身，互文競寫，再顯風華。如以「堅持做對的事」概念，結合繪畫性，可以變成：

1. 更無柳絮因風起，惟有葵花向日傾。（司馬光〈初夏〉）
2. 雲散月明誰點綴？天容海色本澄清。（蘇軾〈六月二十日渡海〉）
3. 粉骨碎身渾不怕，要留清白在人間。（于謙〈詠石灰〉）
4. 不容青史竟成灰，不信東風喚不回。（于右任〈壬子元日〉）
5. 試著讓你胸中那把稱為良心的神聖之火，永遠閃閃發光。（華盛頓）[3]
（Labor to keep alive in your breast that little spark of celestial fire called conscience.）

第一例藉景言情，指出吾心自有定見，不隨風搖擺，吾行自有公理的堅持，朗朗乾坤，此心唯天可表。第二例在提問中，自喻胸中自有一把尺，雲聚雲散無妨明月的高潔，大格局的天寬海闊，自有澄清「淨化」的能力。第三例藉「石灰」的轉化（擬人），在「移情作用」、「內模仿」作用中表白一生的堅持，無懼粉骨碎身，但求「古道照顏色」的清清白白。第五例藉「良心」的形象化，強調堅持做對的事，才是「居天下之廣居，立天下之正位，行天下之大道」、「自反而縮，雖千萬人吾往矣」的具體實踐。似此光明磊落的追尋，講求道德勇氣，可說東西共通，古今輝映。至於結合音樂性，再加書寫，可以變成：

3　譯文為顏藹珠譯。見其《世界名人智慧語》（臺北市：爾雅出版社，2008年），頁41。

6. 今日你行善，明日為他人遺忘，不論如何，還是要行善。（德蕾莎修女）[4]
（The good you do today, people will often forget tomorrow. Do good anyway.）
7. 如果你行善，人們說你自私自利，居心叵測，不論如何，還是要行善。（德蕾莎修女）
（If you do good, people will accuse you of selfish ulterior motives. Do good anyway.）
8. 誠實與坦率使你易受他人攻擊，不論如何，還是要誠實與坦率。（德雷莎修女）[5]
（Honesty and frankness make you vulnerable. Be honest and frank anyway.）
9. 做對的事，是本分；堅持做對的事，是勇氣；明明知道不會成功，仍堅持做對的事，是魄力。（錦池）
10. 今天很殘酷，明天很殘酷，後天很美好，但一般人都死在明天晚上。（馬雲）

第六、七、八三例，均在映襯中運用類字，強調對「行善」、「誠實與坦率」的堅持，即使被忽略、誤會，仍「道義擺中間」；即使犧牲生命，明知自古忠臣烈士有可能沒好下場，仍要做忠臣烈士。第九例藉由層遞，剖析「堅持做對的事」的三個層次，正是「我不媚俗，所以我存在；我堅持，我煎熬，所以我完成」。第十例藉由時間的層遞，藉由變化的翻轉，強調「堅持」之必要，「頂得住」之必要。須知「殘酷」是實然，「美好」是應然，一定要有勇者的孤獨，正所謂「我孤獨，我寂寞，但是我正確」（施明德語），高揭勇者的信念與魄

4 同註3，頁17。
5 同註3，頁18。

力，縱然「對的事，即使殺頭，也要去做」(洪蘭父親語)，仍義無反顧。由此可見修辭的變通力，亦為普世價值的新體證、新書寫。在「有意義」的書寫中，生色翻新，變化無窮。

第三節　流暢力

所謂流暢力，長於空間並列，力求「量的擴充」，注重豐富多樣。針對同一對象，針對其不角視角、不同屬性，接二連三運用平行並列的表達方式，形成「有效反應的總數」，展開共時性的畫面（細節）鋪陳。就語言層而言，可以一窺辭格本身運用的熟練、多樣；就意義層而言，得以一窺同義手段的豐贍富麗；進而拓寬加廣，呈現多面相的觀照與感悟。

大抵掌握辭格的流暢力，可以自實際造句的運用上，加以比較。以「生命」的譬喻為例：

1. 生命應該像鞭炮，劈哩叭啦一陣就完了。(張拓蕪《左殘閒話》)
2. 生命是一記鑼，總得敲出一些聲響，證明自己的存在。(筆者〈人生剪影〉)
3. 生命是一個漂亮的小梨子，你剛品嚐出一點味道，便已吃到又酸又澀的心子了！（張曉風《第五牆》)
4. 生命是項禮物，我不想白白糟蹋。(電影《鐵達尼號》)
5. 生命像剝洋蔥，誰剝誰流淚。(西諺)

以上五例，均為譬喻的變通力，分別藉由「鞭炮」、「鑼」、「小梨子」、「禮物」、「洋蔥」，分以剖析詮釋。至如底下的例句：

1. 生命是去年的雪　婦人鏡盒裡的落英
死亡站在老太陽的座車上
向響或不響的　默呼
向醉或不醒的　低喊（羅門《羅門詩選・都市之死》）
2. 生命只是一堆天色　摺在那把黑傘裡
一堆浪聲　疊在風中（羅門《羅門詩選・死亡之塔》）
3. 生命是當你行走在沙漠時，送你一個破水壺；當你是瞎子時，送你一副眼鏡；當你沾滿蝨子時，送你一襲華麗的蓆子。（劉貞君）
4. 生命起初是白紙，後來是重新油漆過的白板。生命是琴弦上的灰塵，追逐音符瞎忙白忙。生命是遙遠的無人相信的那一分思念。生命是空氣中有原子塵，食物中有防腐劑，土壤中有化工廢料，歲月鑲金鍍銀，恍惚驚心。（王鼎鈞《左心房漩渦・勿將眼淚滴入牛奶》）
5. 然而，然而我們不是一直相信生命是一場充滿祝福的詛咒，一枚有著苦蒂的甜瓜，一條布滿陷阱的坦途嗎？（張曉風《從你美麗的流域・星約》）

五例均為流暢力的展示，在在展示聯想的綿密與多姿。前兩例在譬喻中，採對襯形式，捕捉「生命」的不同屬性（第一例是「去年的雪」、「婦人鏡盒裡的落英」；第二例是「一堆天色」、「一堆浪聲」）；呈現兩樣的形象思維。而第三例在譬喻中採排比形式，鋪陳「生命」的情境，往往時不我予，事與願違（「行走在沙漠時，送你一個破水壺」、「是瞎子時，送你一副眼鏡」、「沾滿蝨子時，送你一襲華麗的蓆子」）。其中第三個情境的譬喻，可以和張愛玲認知（「生命是一襲華美的袍，爬滿了蝨子」），相互參看，頗有異曲同工之妙。第四例，更見博喻釀采，連用六種喻體，描繪生命屬性，由「白紙」至「重新油漆過的白板」、「琴弦上的灰塵」，再至「空氣中有原子塵，食指中有防腐劑，土壤中有化工廢料」，正是無限生機中暗藏無形殺機，「成住壞空」的軌跡形態，令人怵目驚心。反觀第五例，藉由連續三句的激問，藉由連續三次的反襯（「充滿祝福的詛咒」、「有著苦蒂的甜瓜」、「布滿陷阱的坦途」），直指生命的複雜與弔詭。值得注意的「有著苦蒂的甜瓜」、「布滿陷阱的坦途」同時也是譬喻。可見修辭中的流暢力，最容易在辭格的「連用」（連用排比、激問）、「套用」（套用反襯、譬喻）中，展現遣詞造句的豐富性與多樣性。

其次，掌握同義手段的流暢力，亦可自鋪陳、延展上比較得之，以「不要想太多」為例，可以改成：

1. 不要杞人憂天。
2. 船到橋頭自然直。（諺語）
3. 生命會尋找它的出口。（《侏儸紀公園》）
4. 不要讓空想瞎猜，變成壓倒駱駝的最後一根稻草。（明覺）
5. 空想不能當飯吃。（諺語）
6. 憂愁是胃最可怕的毒藥。（諾貝爾）
7. 一萬個 0 到最後還是 0。（錦池）
8. 不要看到一顆雞蛋，就想到一座養雞場。（秋實）
9. 一夜想出千條路，明朝依舊磨豆腐。（諺語）
10. 天下本無事，庸人自擾之。（諺語）

凡此均為書寫的變通力。由此出發，再加類比擴展，即向流暢力邁向。針對第一例，可以平行開展成：

1. 不要做思想的巨人，行動的侏儒。
2. 說一丈不如做一尺，彈五指不如伸一拳。（諺語）

強調「心動不如馬上行動」，凡事要有行動力、執行力；痴人說夢，終是一場空。同樣，針對「杞人憂天」過慮，可以開展為：

3. 不要把明天的烏雲拉來遮住今天的太陽，不要讓明天的風來吹熄今天的火；不要為過去的事，浪費新的眼淚。（秋實）
4. 躊躇的琴弦，只會奏出憂鬱的樂章；空想的船，只會停在港灣的腐爛。（蔡志忠）

強調內耗空轉，只會原地踏步；不僅無濟於事，甚至拖垮自己，成為毀滅自己的殺手。畢竟「昨天是冥紙，今天是現金，明天是支票」，只有當下才有溫度。同樣，針對「想太多」，可以再開展成：

5. 不要看到一點火花，就當作火災；不要看到水滴，就當作山洪爆發。
6. 不要看到流星，就認為地球要毀滅了；不要看到激起浪花，就認為要發生海嘯了。（筆者）

強調要保持清醒，活在眼前，不要過度跳躍的「超連結」，活在「假設」的無限上綱，混淆空想與事實。而由上觀之，可見修辭的流暢力特別在「對偶」（形式上的對比）、「映襯」（意義上的對比，主要是「對襯」）、排比（三句或三組以上）中，舉一隅而三隅反，大顯身手。

第四節　精進力

所謂「精進力」，長於時間先後變化，力求「質的提升」，講究細緻與協調。針對辭格本身，力求綿密細膩；針對辭格之間，力求相關協調，形成「反應的精緻化」，能提出更進一步的詮釋，揭示更見高度的認知。在語言層上，得以言人之所罕言，用語精妙；在意義層上，得以見人之所罕見，自出機杼，形塑語言藝術的妙趣，深化思維認知的層次。

大抵辭格的精進力，亦可自實際的運用上，加以比較觀察。復以「生命」的譬喻，為例：

1. 生命當如丁尼生的鷹隼，迅如雷霆，急落碧水……生命當如船歌，如星光下的恐懼和喜悅；或追尋，在另外一個河邊，讓風打在你的臉上，屈辱的哭過的臉，行過樹蔭，背誦昨晚寫就的一首詩……。（楊牧《葉珊散文集．那個潮濕而遙遠的夜》）
2. 生命是細水長流，從一個帶蒼苔的石隙裡飛濺出點點清水，也許在深山裡，也許在林叢間——無論那河床多麼平柔，總有些石礁，當細水流過，便濺起一點水花，便有些漣漪，有些異動，那不是甚麼人的安排，那是自然。（楊牧《葉珊散文集．在酒樓上》）
3. 假如生命是一列
疾馳而過的火車
快樂與傷悲　就是
那兩條鐵軌
在我身後　緊緊追隨（席慕蓉《無怨的青春．美麗的心情》）
4. 生命是苦集道場，我們以肉身為箭靶，讓看不見的神練工夫。災厄過後，能否唱出一句聖詩或在心域長出一棵菩提小樹，端看個人。（簡媜《紅嬰仔．周歲》）

就第一、二例相較，明顯可以看出第一例在出現「喻體」（鷹隼）後，又有簡單的說明（「迅如雷霆，急落碧水」）；而第二例在出現「喻體」

（細水長流）後，則詳加描繪（用七十七個字），描繪自然蜿蜒的幽靜，表現「喻解」(「喻體」之後）的精進力。反觀第三例，自「火車」與「鐵軌」的接近相關，喻指「生命」與「快樂」、「悲哀」的依存關係。第四例自「苦集道場」與「箭靶」的接近相同，喻指「生命」與「肉身」的依存關係。比起只單獨著眼於「生命」的單一譬喻，更見第三、四例中兩個譬喻的協調與統一。同樣，以「婚姻」為例：

1. 婚姻只是個容器，裡面大多是現實界的柴米油鹽。(簡媜《天涯海角・渡》)
2. 婚姻銀行忠實信託是很嚴格的債主，你去別家存款，帳戶就被取消，永遠終止。(《扭轉奇蹟》) [6]
3. 婚姻是枷鎖，也是一座可經營的莊園。(洪淑苓《扛一棵樹回家・女生研究室》)
4. 婚姻不是愛情的墳墓，是深情的花園，向上的青松。(筆者)
5. 婚姻如果是一座牢獄，那麼獨身便是一種犯罪。每一個獨身者是一個在逃未獲的通緝犯，直到他歸案，直到他受該受的管束，別人心裡才一塊石頭落地。(王鼎鈞《情人眼・地圖》)

相對於第一、二例的變通（「容器」、「債主」)、第三例的流暢（「枷鎖」、「莊園」)、第四例的流暢（「墳墓」、「花園」、「青松」)，第五例則進一步引申，表現精進力，自「牢獄」與「在逃未獲的通緝犯」的相對關係，喻指「婚姻」與「獨身」的相對關係，並從中衍生「單身公害」的另類思維。

其次，思維認知的精進力，亦可自不同向度的思考帽，加以比較觀察，由主觀而走向客觀，由正向而逆向，由單一而多元。如：

6 譯文見張春榮、顏荷郁：《電影智慧語》(臺北市：爾雅出版社，2005年)，頁95。

1. 愛情釀的酒使人迷失。
2. 結婚是愛情的墳墓。
3. 水清則無魚。
4. 法網恢恢，疏而不漏。
5. 沒有希望就沒有失望。

均可以再求精進，再求細膩，再求深刻。如：

1. 愛情釀的酒，善飲者一杯接一杯；不善飲者淺酌一口，即嗆得面紅耳赤。
2. 結婚不是激情的墳墓，是深情的聖殿。
3. 水清可以養鯉魚，水濁可以養土鱔。
4. 法網恢恢，疏而有漏，網眼中漏出的是意外、偶然。
5. 沒有欲望就沒有希望，沒有希望就沒有失望，沒有失望就沒有絕望。(筆者)

第一例中針對「愛情釀的酒」，不再是單一思考，而是採正反（二分）兩個角度，加以分析。第二例針對「結婚是愛情的墳墓」的黑色思考帽，再加辨析，提出「深情的聖殿」的黃色思考帽。第三例針對「水清則無雨」的情境，提出更周延的思維。所謂「滄浪之水清兮，可以濯吾纓；滄浪之水濁兮，可以濯吾足」，不能偏執一端。第四例針對「法網恢恢，疏而不漏」的諺語，再加細密觀察。須知「疏而不漏」是應然、必然，「疏而有漏」是實然，逸出「法」外的超常、變異，終屬弔詭的複雜。第五例針對「沒有希望就沒有失望」的因果關係，再加上下考察，形成更深刻的層遞推論，演繹「欲望」、「希望」、「失望」、「絕望」四者的遞進關係。由此觀之，修辭的精進力，往往在「映襯」、「仿擬」、「層遞」中，挑戰固定思維，再加按摩，再顯活力，再求入味的延展、探究。

第五節　獨創力

所謂獨創力，擅於別具隻眼，另闢蹊徑，打破常軌，特顯深刻與新穎；思人所未思，寫人所未寫；言人所未言，想人所未想；形成「反應的稀有度」，展現認知的別具隻眼，表達的新穎性。在語言層上，匠心獨運，凌雲健筆，開發語言藝術的新感性；在意義層上，獨具慧眼，特殊觀照，抉幽發微，直指生命追尋的新境界。

大凡修辭表達中獨創力，並非「絕對」的無中生有，而是在文本互涉中展現「相對」的高度，高明轉化，脫穎而出，特具新貌。以「美」的敘述為例：

1. 美猶如愛情，絕對私有。（張錯〈金閣寺之死〉）
2. 美是令人絕望的東西
   河裡流的才是永恆（洛夫〈與詩人李岱松、莊曉明逛夫子廟〉）
3. 美，從來不等任何人，除了把握別無他途。（簡媜〈風中的白楊樹〉）
4. 「美」開了一家當鋪，
   專收人的心，
   到期人拿票去贖，
   它已經關門。（朱湘〈當鋪〉）

第一例拋開「美猶如夕陽，可惜近黃昏」的寫法，用抽象來寫抽象（文法上的「準判斷句」），一新耳目，寫出美感經驗的私密性，如人飲水，難以言宣，永遠只活在自己心中。第二例應為「逝者如斯夫，不捨晝夜」的現代版，展現嶄新語感。畢竟美是瞬間，美總有個限度，只有永恆才是悠悠無限。第三例將「美」擬人，寫出「美」的「當下」、「瞬間」、「變易」的特性，一旦失之交臂，從此便杳如黃鶴，已成逝水。第四例將「美」擬人，再加情境化。寫出「美」是有賞味期，一旦銀貨兩訖的典當後，便有贖不回來的風險。「美」這家當鋪最奸詐，根本一開張就準備關門。你要再贖回，再「關心」曾典當的「心」，根本連門都沒有。似此言外之意，雋永有味。相對於前三例的敘述，無疑第四例的語境，更為鮮活可感，更見獨創力。

其次，修辭認知中的獨創力，能自新的角度切入，展現新的視野，彰顯新的探索。以「哲學」的定義為例：

1. 哲學是思考的顯微鏡。（雨果）
2. 哲學是指出真理的指南針，暗示真理的明燈。（埃西克斯）
3. 哲學是戴著眼鏡去找自己鼻子上的眼鏡。（克爾凱郭爾）
4. 哲學是在黑暗的房間找一隻沒有在裡面的黑貓。（桑塔耶納）
5. 哲學就是，我在綠色的迷宮裡找不到出路的時候，晚上降臨，星星出來了，我從迷宮裡抬頭望上看，可以看到滿天的星斗。（龍應台《百年思索・在迷宮中仰望星斗：政治人的人文素養》）

一、二例採黃色思考帽，自正面角度，肯定哲學能燭幽照微（「顯微鏡」），去除疑惑（「指南針」、「明燈」），解決思想上的難題。三、四例採黑色思考帽，自負面角度，嘲諷哲學捨近求遠（「戴著眼鏡去找自己鼻子上的眼鏡」），批評哲學過於高蹈、捕風（「在黑暗的房間找一隻沒有在裡面的黑貓」）。相對於一、二例的正向思考，三、四例的逆向思考，有別於老生常談，獨特新穎，引人注目。反觀第五例則採白色思考帽，肯定哲學的「召喚」的功能，由已知而凝視未知的龐大空間，帶領思維「高度」的突破，得以在「迷宮中望見星空」（龍應台語），由迷惑而清明，得以跨越眼前迷思；心中湧現一片光華燦爛，由感性而走向知性，「召喚」出廣宇悠宙的終極關懷；將「人與自己」、「人與社會」、「人與自然」縱向橫向關係，前後打通，得以立體思維，宏觀掌握。相對於一、二例的認知，明顯看出第五例的定義，跳出慣用的「顯微鏡」、「指南針」、「明燈」，而自「迷宮中望見星空」的情境，加以嶄新詮釋，生動活潑，展現比喻「相對」的獨創力。

第六節　意象與創造力

「意象」是語言藝術之花中開出的果實。在「一意多象」、「一象多義」的書寫裡，得以掌握「語言層」與「意義層」的創造力。質實而言，「窺意象而運斤」是作家馭文首術，謀篇大端，更為激花創意火花的晶鑽。作家沽心煮字，切琢組合，遂能文質彬彬，意與象合，燦爛奪目。

茲以「白髮」為意象，可以筆走珠玉如下：

1. 君不見高堂明鏡悲白髮，朝如青絲暮成雪。（李白〈將進酒〉）
2. 中年以後莫在燈光裡看鏡
   一顧青絲再顧已成雪。（余光中〈白即是美〉）
3. 三千怒髮，絞不死一座愁城的孤獨。（羊令野）
4. 人與時間拔河，以白髮為繩。（簡媜〈我有惑〉）
5. 媽媽的腦袋瓜不是只用來長白頭髮的。（簡媜〈伙伕頭求生術〉）

凡此五例，均為變通力。前三例是誇飾的渲染。前兩例是「時間」的誇飾，聚焦「白髮」；第一例是古典版，第二例是現代版。第三例是「數目」的誇飾，當為「白髮三千丈，緣愁似個長」（李白〈秋浦歌〉）更見悲情的改寫版。第四例是轉化，將「時間」擬人，將「白髮」擬物。第五例是婉曲的留白，指出「頭髮以上的不重要」，媽媽是「長智亦長髮」，永遠的智慧長者。反觀以下書寫：

6. 當我驚醒
   當年輕的夢被午夜驚醒
   被及胸的風
   與花與雪與月
   驚醒
   白髮，我聽到你一根
   又一根裂膚而出的聲音（沈志方〈給時間〉）
7. 白髮來敲門
   我請它稍待
   它說快點快點
   我還要挨家挨戶去送
   老（劉小梅〈生活協奏曲〉）

則為精進力與獨創力。第六例化「白髮驚心」的時間誇飾為動態情境的擬人，結合視覺與聽覺，栩栩如生，實為精進佳例。第七例化靜態擬人為動感對話，將「白髮送老」的情境生動描繪，深刻傳達，當為獨創力的示範，亦為「城裡看家多白髮」的（麻九疇〈清明〉）的情境寫照。

其次，以「蝴蝶」為意象，可以根據蝴蝶的性質（綺麗、脆弱、短暫、飄忽、特異、蛻變），加以創造性書寫。如：

1. 百歲光陰一夢蝶，重回首往事堪嗟。（馬致遠〈雙調夜行船〉）
2. 來年的蝴蝶怎能找到今年的花？（王鼎鈞《左心房漩渦》）
3. 每一個蝴蝶都是從前一朵花的鬼魂，回來尋找它自己。（張愛玲《流言・炎櫻語錄》）
4. 翩然
   飛出一隻蝴蝶
   草莢裡掙出一朵花。（陳義芝〈戀〉）

第一例是「百步光陰」和「夢蝶」的譬喻（「略喻」），百年須臾，恍如隔世，自是「莊生曉夢迷蝴蝶」（李商隱〈錦瑟〉）的魅惑傷逝。第二例是「往者已矣」的激問，今年的蝴蝶無法找到去年的花，「來年的蝴蝶」亦然，畢竟「年年歲歲花相似，歲歲年年人不同」。第三例是前世（「花的鬼魂」）今生（「蝴蝶」）的猜想，是因果關係中「無理而妙」的懸想示現。第四例是錯覺美感的捕捉，以動態（「蝴蝶」）寫靜態（「花」）。凡此均為變通力的競技。反觀：

5. 沒有一人，啜飲他吐出來的水；
   沒有一蝶，來尋去年的花。（王鼎鈞《有詩》）
6. 花是不會飛的蝴蝶，蝴蝶是會飛的花。（林煥彰〈花和蝴蝶〉）
7. 女人是專情的蝴蝶花，男人像是多情的花蝴蝶，男男女女是永遠的「蝶戀花」。（筆者）
8. 給什麼智慧給我
   小小的白蝴蝶，
   翻開了空白之頁，
   合上了空白之頁？

翻開的書頁：
寂寞；
合上的書頁：
寂寞。（戴望舒〈白蝴蝶〉）

第五例以兩種情境，照見「休戀逝水」，借喻「往者已矣」，平行展現流暢力。第六例藉「花」、「蝴蝶」的互喻，在回文中形成雙向觀照；第七例藉男女「蝴蝶花」、「花蝴蝶」的譬喻和差異，形成更深刻的觀察；均為精進力的描繪。至於第八例，聚焦「白蝴蝶」的「雙翅」與「空白之頁」連結，藉由設問的自問自答，帶出「寂寞」的感悟。所謂「穿花蛺蝶深深見」，見到的是「獨舞」的終極孤寂，到頭來是「享受」寂寞，「忍受」寂寞，與「寂寞」共舞。寂寞終是人生的滋味，相互隸屬而各自孤獨。

第七節　韻律的創造力

在流變書寫中，聲音是有表情，聲音是有意義的。特別自「同聲相應，異音相從」的統一與變化中，吐納珠玉，上抗下墜，不同的韻律中展現不同向度的創造力。

以「知識份子」為例，可以自音義的結合上，呈現不同語感，展開聲情「內在韻律」（句子中）、「外在韻律」（韻腳）的藝境：

1. 知識份子往往是「自私」份子。
2. 知識份子常常「心動身不動」。
3. 知識份子老是有口水，沒汗水；有想法，沒辦法。
4. 知識份子每每「充滿理想而缺少判斷力，自視過高而缺少執行力」。（錦池）

前兩例呈現內在韻律（句子中）的變通力。第一例自「知識」聲音上加以聯想，「自私」是負面的「雙關」聯想。第二例藉由「動」的「類字」，強調知識份子多紙上談兵。至於三四兩例，展現流暢力。第三例藉由「水」、「法」的類字，結合對襯（「有」、「沒」）反差，增強印象。第四例藉由「缺少」、「力」的重出，亦結合對襯反差，明白指出知識份子是「塔裡的兩腳書櫥，夢裡的百科全書」的流弊。反觀：

5. 知識份子是思想的巨人，行動的侏儒，道德的殘障。
6. 勤勤勤勤，不勤難為人上人；苦苦苦苦，不苦如何通今古。（曹瑞）

第五例展現精進力，藉排比形式，形成更強的節奏，讀來鏗鏘遒勁，展開震撼人心的批判。其中「思想的巨人，行動的侏儒」二句，原出自屠格涅夫的小說《羅亭》，據此再加衍生擴大，特別發人省思。第六例當為獨創力，藉由「勤」、「人」、「苦」的一再類疊（內在韻律），「勤」、「人」與「苦」、「古」的押韻（外在韻律），指出知識份子要「勤」、要「苦」才能真正有大格局，真正任重道遠。曹瑞此對聯，讀來音義皆美，瀏亮悅耳，令人玩味無窮。

其次，以「四海為家」為例，在聲情上亦有不同的音感世界。

1. 處處無家處處家。
2. 腳在哪裡，家在哪裡。
3. 年年難過年年過，處處無家處處家。
4. 事事無成事事成，處處無家處處家。

前兩例是變通力。第一例藉「處」「家」的類疊，第二例藉「在哪裡」的重出，讓「此心安處是吾家」，有了不同聲音的演出。後兩例是流暢力。在對偶中，第三例抒發時間、空間的音義相連，第四例照見人事禍福相倚的弔詭。反觀：

5. 腳在哪裡，家在哪裡；心在哪裡，家也就在哪裡。
6. 年難過，年難過，年年難過年年過；
   事無成，事無成，事事無成事事成。
7. 難過年，年難過，年年難過年年過；
   怕死人，人怕死，人人怕死人人死。

第五、六兩例則屬精進力。以第二例和第五例相較，明顯由單句的並列，擴大成複句的並列，同時在類字中，由「腳」至「心」，形成「拈連」的聲情變化。以第三例、第四例和第六例相較，對聯多了「年難過」、「事無成」的疊句，分別強化「類疊」的加乘效果（「類字逞能」、「疊字摹神」），更見韻律變化。第七例則屬「相對」的獨創力。原本第六例「年難過」的疊句，至此變成「難過年」、「年難過」的回文，自韻律的順逆正反的交湧中，轉出「綠色思考帽」；帶出音義之美的豁達；再配合下聯客觀凝視的認命，轉出「白色思考帽」，無疑語帶黑色幽默，兜出一抹悲憫的笑紋。

第八節　結語

修辭的創造力，就作者論而言，是書寫的「認知」；就作品論而言，是書寫的「表達」。所謂體用不二，作者的「認知」與作者的「表達」由內而外連線接軌，一以貫之。所有創意書寫，無不力求「無中生有」、「有中生變」、「變中生新」、「新中求好」，重返書寫的生猛活力，開拓文學版圖的富麗風景。

大抵修辭創造力，可說者有四：

第一、修辭創造力，必須始於「正確性」。

只有確實掌握語言的物質性（形、音、義），充分運用語言「能指」、「所指」的關係，才能洞悉修辭（雙關、婉曲、象徵、反諷）的宗廟之美。因此，「不真誠」、「不得體」、「價值觀偏頗」的書寫，有必要加以糾謬、匡正。

如「雲門舞集」和「八方雲集」不同，前者是舞團，後者是鍋貼；「一箭雙鵰」和「一肩雙挑」有異，前者處心積慮，後者含莘茹苦。「僑務委員長毛松年」，不能誤讀成「僑務委員」「長毛松年」，讓他變成日本人；「葉乙枝花老師」不姓「葉乙」，而是姓「葉」，名「乙枝花」，不能弄錯。因此，有些成語，別有新解，宜加引號（「 」）。如「有口皆碑」，加引號，代表貶義「有口皆悲」，悲哀的悲，則非誤用，而是另有雙關指涉。

第二、「敏覺力」是行文前的工夫。

敏覺力的養成有二：一、來自先天的「才」、「氣」；二、來自後天的「學」、「習」。敏覺力的向度有三：一、視覺智能的繪畫性，圖像思考的覺察；二、音樂智能的激發，聲音思考的召喚；三、語文智文的轉化，意義思考的感知、感染、感悟。

如有些複詞，差一個字，意思差很多，如「悲哀」、「悲壯」不同，論者多以中國文學是「悲哀」，西洋文學是「悲壯」。又面對「成長」、「成熟」、「成就」，能夠辨析其間差異；學會照顧自己叫「成長」，學會照顧別人叫「成熟」，學會照顧大多數的人叫「成就」。另如「身不由己」，加一個字，變成「出身不由己」，另有新的體會，「好事多磨」，加字變成「做好事也多磨」，則對善行、行善，有更深的覺察。

第三、「變通力」、「流暢力」貴於多元練習。

「有中生有」的「仿寫」、「續寫」、「擴寫」、「改寫」，堪稱撞擊、激發變通力、流暢力的最佳捷徑。藉由技法的熟練，必能切磋琢磨，「有樣學樣，沒樣自己想」，達到「熟能生巧」的藝境，得以「一回生，二回熟，三回巧，四回妙，五回呱呱叫」。正所謂「修辭之道無它，求其活用而已」。

在文本互涉中，最容易加工再造，青出於藍。如元代石屋清珙禪師謂：

手攜刀尺走諸方，
線去鍼來日日忙；
量盡別人長與短，
自家長短幾時量？

藉由裁縫師的丈量身高，點出一般人常犯的毛病「有嘴說別人，沒嘴說自己」（諺語），不知反求諸己。「自家長短幾時量」的激問，換另外一種說法，發人深思。又如宋代法衍禪師謂：

勢不可使盡，
福不可受盡；
規矩不可行盡，
好語不可說盡。

針對「滿招損」、「亢龍有悔，盈不可久」，指出四種不能「過頭」，權勢、福求、執行規矩、好聽的話不能「太盡」，所謂凡事太盡，不留餘地；往往質量互變，「好事過了頭，壞事就臨頭」，似此「法演四戒」的演繹，正是豐富多樣的流暢力。

第四、「精進力」、「獨創力」直指新視角、新思維。

精進力聚焦細節的捕捉，情境的感染；獨創力聚焦情節的組合，視角的透視。兩者相輔相成，注重「部分」和「部分」的關係，更注重「部分」和「全體」的關係。如此一來，行文中的「譬喻」，可以是預留伏筆的暗示，「轉化」（人性化、物性化、形象化）可以是敘述視角的變化。此外，對於「婉曲」的要求，將由字句之間的空白，邁向篇章之外的內蘊；對於「象徵」的要求，將由傳統慣用的象徵，邁向新穎創造性的象徵。[7]

精進力貴於立意更深刻。如吳念真〈笑給天看〉：

> 我母親說，再艱苦也要笑給天看。佐賀的阿嬤更犀利，她是：再艱苦，也要讓老天笑出聲音來。

指出面對困境，仍要保持「十點十分」的笑臉，絕非沮喪失志，不只「笑給天看」，更要再進一步「讓老天笑出聲音來」，化被動為主動，讓天空傳來愉悅的笑聲。獨創力貴於別具隻眼，言人所未言。如張曉風〈開卷和掩卷〉：

> 至於曾國藩，他把自己的住處命名為「求闕齋」。世人無不愛求全，曾氏獨求「缺」。以他當時位極人臣的顯達背景，他當然比別人更了解居安思危的真諦。求缺，是全福全貴到極致之後的謙遜。

若將書齋取名「居安思危」、「亢龍有悔」，都只是引用而已。面對「人無十全，瓜無滾圓」，曾國藩命名「求缺」，正展現立意的高度，面對「人生不可能沒有遺憾」、「凡事不可太盡」的體會，確實一新耳目。

最後，值得一提的是，修辭中的重要辭格，均可依「創造力」的

7　徐國能謂：「大凡好的作品，都有一個好的『象徵』，所謂『好』，是指作品中具體的實象描寫，能夠切要地指陳作者企圖表達的概念，同時不流於怪異或冷僻。」見其《寫在課本留白處》（臺北市：九歌出版社，2015年），頁31。

進階，加以理解、應用，加以編排設計；如此一來，將對修辭技法的「能力」，有更深的體會，更高的造詣。今以「對偶」為例，可自五組的對照比較中，看出其中精微差異所在。試編如下：

對偶

變通力	1. 三千寵愛在一身。 2. 禍福難料。 3. 無欲則剛。 4. 知識份子是心動身不動。 5. 處處無家處處家。
流暢力	1. (1)百萬雄獅護國境，三千寵愛在一身。 (2)千萬綠林環四野，三千寵愛在一身。 (3)萬綠叢中一點紅，三千寵愛在一身。 (4)後宮佳麗三千人，三千寵愛在一身。 2. 福無雙至，禍不單行。 3. (1)無欲則剛，有求必軟。 (2)無欲則剛，無求則清，無私則寬。 4. 知識份子是有口水，沒汗水；有想法，沒辦法。 5. (1)關關難過關關過，處處無家處處家。 (2)年年難過年年過，處處無家處處家。 (3)事事無成事事成，處處無家處處家。
精進力	1. (1)九萬孤獨藏心海，三千寵愛在一身。 (2)紅塵知己無一人，三千寵愛在一身。 2. 福無雙至今日至，禍不單行今日行。 3. 無欲則剛，無常則生智，無求則無得；一無所得，則一無所懼。 4. 知識份子是思想的巨人，行動的侏儒，道德的殘障。 5. (1)年難過，年難過，年年難過年年過； 事無成，事無成，事事無成事事成。 (2)難過年，年難過，年年難過年年過； 怕死人，人怕死，人人怕死人人死。

	⑶年年失望年年望，處處難尋處處尋。 ⑷年年失望年年望，事事難成事事成。
獨創力	1. 抽長壽，你短命；用傻瓜，我聰明。（關紹箕） 2. 證嚴訪聖嚴，冒夏日炎炎，林雲會星雲，嘆眾生云云。（關紹箕） 3. 牛肉麵，雞肉麵，面面俱到；鐵力士，勞力士，士士順心。（關紹箕） 4. 希爾頓；多爾衰，喝波爾茶；鬼谷子、韓非子愛奇檬子。（秋實） 5. 勤勤勤勤，不勤難為人上人；苦苦苦苦，不苦如何通今古。（曹瑞）

張春榮、顏荷郁編著《電影智慧語》（臺北市：爾雅）

修辭的重點

實用修辭的重點，不在辭格分類的「知識」、「理解」，而在「應用」、「綜合」，讓修辭書寫化繁為簡，化簡為易，成為有效的寫作能力；得以根深葉茂，條貫上達，進而打通「立意取材」、「結構組織」、「遣詞造句」的任督二脈，一氣流轉，取精用宏，展現生命書寫的飽滿酣暢。

歷來修辭，大抵以譬喻（A、B）為中心的想像系統（包括移覺、轉化、誇飾、雙關、象徵），和以映襯(A、—A)為中心的思維系統（包括對偶、設問、示現、排比、層遞、婉曲、反諷），形成整體、層次的開展[1]：

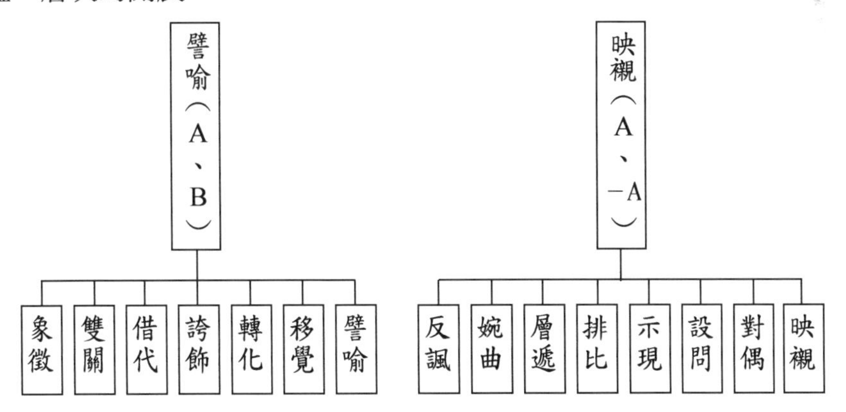

以譬喻為中心的想像系統，始於「譬喻」，兼及雙關，終於「象

1　此說源自亞里斯多德《修辭學》。可參黃維樑：《清通與多姿——中文語法修辭論集》（臺北市：時報文化出版公司，1993年），頁93-126。張春榮：《修辭新思維》（臺北市：萬卷樓圖書公司，2002年），頁11-12。

徵」的多義與創造；至於以映襯為中心的映襯系統，始於「映襯」，兼及「婉曲」，終於「反諷」的趣味與批判。換言之，在實用書寫的終極目標，旨在開拓語言層與意義層的象徵世界與反諷世界。

由上觀之，修辭系統運用在語文書寫，宜綱舉目張，探驪得珠，直入文心奧府。其中重點有二：一、層次的上升，修辭不宜僅是語言層的表現而已，應由技能走向認知；二、範圍的擴大，修辭不宜只停留在遣詞造句的狹小鍛鍊，應由字句走向篇章；如此一來，才能凌雲健筆，揮灑語文美感的曼妙，燭照生命境界的感悟。

第一節　由技能走向認知

語文書寫的核心，不在鍊字、鍊句的技能，而在鍊意、思維的觀照。探本溯源，理應由表情達意的技術，遞升至凌雲運筆時表情達意的認知，折射認知背後的人文素養；亦即由語言經驗，至審美經驗，再至文化經驗；由鍊字、鍊句、鍊意，終至鍊人。茲以修辭的大戶「譬喻」、「映襯」為考察對象：

一　譬喻

譬喻是天才的標幟。以本體的性質（「屬性」）為基點，力求正確，展開不同聯想。其完整的格式為：本體＋喻詞（如、像、是）＋喻體＋喻解。在「以不類為類」的相似聯想中，喻體注重感染力，形象化；而喻解注重穿透力，深刻性的剖析詮釋。其要點有二：

1. 本體、喻體間，力求遠距、落差。本體如熟悉，喻體要陌生；本體是抽象，喻體要具體。
2. 喻體、喻解間，為求合理、深刻。喻體如陌生，喻解要入人意中的深刻；喻體如熟悉，喻解要出人意外的合理。

如果說本體、喻體是「點」的確立，喻解則是「線」的延伸；如果說本體、喻體是「線」的延伸，喻解則成「面」的開拓，展現作者的認知。

以「愛情」為例，可以有不同的認知，不同的思考帽。首先，在分析、比較上，如：

1. 如果說情愛是一朵花，世間哪裡有永不凋謝的花朵？如果情愛是絢麗的彩虹，人世哪有永不褪色的虹彩？如果情愛是一首歌，世界上哪有永遠唱著的一首歌？（林清玄《鴛鴦香爐・時間之旅》）
2. 愛情不是遠天的星子，是天天照耀我們的路燈；不是杳無人跡的高原細徑，是每日必要來回的街路；更不是闃靜蒼茫的霧夜，是終究必看得見的白天。（林清玄《冷月鐘笛・暖暖的歌》）

第一例是「喻體」的分析，在「一朵花」、「絢麗的彩虹」、「一首歌」的喻體後，加以反詰質疑，指出「花」、「彩虹」、「歌」的瞬間須臾，無法永恆長存，無法地老天荒。第二例自「喻體」的比較，正反對照中，指出愛情的正軌是「路燈」、「街路」、「白天」，一步一腳印的真實；不是偏鋒的「星子」、「高原細徑」、「霧夜」，只能眺望遐想，無助於當下。凡此，藉由分析、比較，展現清明的務實認知。

其次，在演繹、歸納上，莫不由由景而情，由事而理，或由情入理，有所明確感悟：

1. 她笑笑，兀自覺得索然無味，那又怎麼樣呢？愛情就跟香水一樣，總會褪味，好香水跟劣質香水差別不過官能感覺。他是直接表達出來了，到此為止吧？一瓶好香水，非他所發明，他不創造這種愛的公式。（蘇偉貞《沉默之島》）

2. 那時候蘇小姐把自己的愛情看得太名貴了，不肯隨便施與。現在呢，宛如做了好衣服，捨不得穿，鎖在箱裡，過一兩年忽然發現這衣服的樣子和花色都不時髦了，有些自悵自悔。（錢鍾書《圍城》）
3. 有一個人買了套衣服捨不得穿，把它壓在箱底，多年後重拿出來，尺寸不合，連款式也過時了，愛情更像這樣，該愛的時候不愛，想愛的時候，情緒、時間、環境全不對了。（蘇偉貞《陪他一段．二場》）

三例均在「香水」（第一例）、「做了好衣服」（第二例）、「買了套衣服」（第三例）的感知、感染後，分別提出「褪色」（第一例）、「不時髦」（第二例）、「不合」、「過時」（第三例）的感悟。自喻解的感悟中，領略時空錯位的今非昔比，見證事與願違的天真無知，終於明白「愛情是有賞味期，愛情就是要在青春年華綻放，才能穿出絕美，穿出燦爛。」而這段時光，瞬間即逝，不加把握，只能環顧逝水，徒呼負負，跌入美人遲暮的悲情。凡此，藉由演繹，先後對「坐愁紅顏老」的愛情，有「時不我予」的省思與反諷。

復次，在批判與創思上，不同的認知，導致不同的喻體、喻解。如：

1. 一再揮霍的愛情，不也像廉價的再生塑膠瓶，只能被棄置一旁。（奚密〈愛情環保〉）
2. 談太多次的愛情，
   對感情的底片並無好處
   像按了太多次的快門，
   重複曝光的結果是：空白。（林彧《戀愛遊戲規則》）

3. 愛情不是皮球——
   並非你拍一拍，它就會彈跳，你若想一腳踢開更屬難事。（林彧《戀愛遊戲規則·代序》）
4. 愛如逆水行舟，不進則退；情如平原走馬，易放難收。（王璇《小語庫》）
5. 有人或許可以一見鍾情，但成熟的愛猶如樹木，需要一個由種子抽芽破土，漸至枝葉茂盛的過程。（惠特曼《培植愛的原野》）

第一、二例對「重量不重質」的愛情，有所批判。愛情因專注而深刻，因細膩而感人。濫情因量多而質不精，因隨便而不珍貴。第三例對愛情的「遊戲心態」，有所反駁。指出視愛情為皮球，高興拿來玩，不高興就丟在一旁，其實大謬不然。愛情的主角是人，玩弄愛情，玩火上身，終將被火灼身，甚至惹禍喪命，不能視同兒戲。凡此，多為黑色思考帽的批判。反觀第四例則為白色思考。愛情跟做學問一樣（「學如逆水行舟，不進則退」），要細心、貼心、關心，全力以赴，才能日臻美好；同時要提防一顆心放縱奔逸，避免害人害己。至於第五例是黃色思考，自成長變化看出愛情之樹長青的真諦。由一見鍾情的「種子」，至相互扶持的「枝葉茂盛」，再至相知相守的經霜彌茂，情逾金石。「成熟的愛」把情人變成家人，把家人當成靈魂的伴侶；把激情變成深情，把深情變成通往美與善的聖殿。

二　映襯

映襯是二元對峙的比較，在「映」（對照）和「襯」（襯托）的同異上，掌握「意義」上、「內容」上（包括人物、情節、場景）的強烈對比。自黃慶萱《修辭學》（臺北市：三民書局，1975年）以來，計分「對襯」、「雙襯」、「反襯」三類。要點如下：

1. 自兩個不同對象（不同主語），運用對等語法，展開不同語境的鮮明對比（對襯）。
2. 自同一對象（同一主語），運用矛盾語法，展開兩種相對觀點的思維，形成對立的統一（雙襯）。
3. 就同一對象本身，運用矛盾語法，展開「相反相成」的敘述，形成對立的統一（反襯）。[2]

事實上，映襯除了是「對比」的技巧外，更是「比較」思維的客觀認知，同中有異的揭示。

以「大」、「小」的分析比較為例：

1. 君子不可小知而可大受也，小人不可大受而可小知也。（《論語・衛靈公》）
2. 大人物的傳記是給小人物看的，小人物的傳記是給大人物看的。這世界的缺憾之一是，小人物不寫回憶錄，即使寫了，大人物也不看。（王鼎鈞《昨天的雲・小序》）
3. 一個人大聲說話，是本能；小聲說話，是文明。（梁實秋《雅舍小品・旁若無人》）
4. 萬兩黃金容易得，知心一個也難求。（《紅樓夢》五十七回）

前兩例是對襯。第一例分析比較「君子」、「小人」在「知」與「受」上的差異。第二例分析比較「大人物」、「小人物」的讀者群，

2 其他轉化、誇飾、對偶、排比、層遞、頂真、雙關、類疊的重點，可參考筆者：《國中國文修辭教學》（臺北市：萬卷樓圖書公司，2005年），頁6-9。

竟與我們平常的認知（「大人物的傳記是給大人物看的，小人物的傳記是給大人物看的」）相反。後兩例則是雙襯。第四例指出藉由數量上「萬」、「一」的大小對比，強調「在茫茫人海當中尋找一靈魂知己，得知我幸，不得我命」，「知音」、「知心」人是「無價寶」，花再多的錢也買不到。

其次，在演繹、歸納上，雙襯代表「複雜」（「對立的統一」）的理解，反襯代表「複雜變化」（「相反相成」）的透視，直指悖論的真諦。如：

1. 臺北是肉體的天堂，靈魂的地獄。（徐訏）
2. 通往天堂最短的距離，是戀愛；通往地獄最短的距離，還是戀愛。（蔡詩萍《愛，在天堂與地獄之間》）
3. 最深的感性，來自最深的知性；最大的自由，來自最大的限制。（張子良）
4. 我必須殘忍，才能善良。（《哈姆雷特》）
5. 一個喋喋不休的女人，她的緘默著實震耳欲聾。（電影《安娜與國王》）

前兩例為雙襯。第一例點出台北城的真實面貌，交織著文明與無明、昇華與浮華、神性與魔性。第二例點出戀愛的變易複雜，愛之欲其生，飄飄欲仙；惡之欲其死，痛不欲生；正是一刀帶雙刃。後三例均為反襯。第三例指出「感性」和「知性」的相剋相生，這樣的感情是「理智的熱情」，不是盲目的主觀，是真正的知音。第四例打破「我必須殘忍，才能殘忍」、「我必須善良，才能善良」的因果統一律，走向手段（「殘忍」）與目的（「善良」）「相反相成」的「歷時性」（時間）變化，正是以厚黑之名，行仁義之實。第五例以平日「喋喋不休」為大前提，一旦她緘默時，「靜若響雷」，猶如暴風雨前的寧靜，形成「相反相成」的「共時生」(空間)變化。當此之際,看似寂靜在前,實則眾聲喧嘩在後,令人不安,巨大無形的壓力洶湧而至。而此「歷時性」、「共時性」的反襯,亦即英語修辭中所稱的「悖論」(Paradox),似非而是,另有獨特的情境,特殊的內蘊。

最後,在認知的創造力上,可以看出映襯層次有三:

第一,二元對峙,相對相反;即對襯。

第二,對立的統一,矛盾的組合;即雙襯。

第三,相反相成,往返變化,循環前進;即反襯。

可見由對襯而雙襯、反襯,正代表認知的精進,由形式邏輯而走向辯證性思維。尤其反襯的造句,往往一躍為發人深思的名言警句。如:

1. 把手握緊,裡面什麼也沒有;把手鬆開,你會擁有一切。(電影《臥虎藏龍》)
2. 鬥風箏也一樣,規則很簡單:就是沒有原則。(胡塞尼《追風箏的孩子》)
3. 拜倫厭棄、咒罵這個世界,卻依舊被他所厭棄、咒罵的這個世界歡迎、擁抱,如此弔詭的矛盾統一。(楊照《為了詩・有時,詩的否定還是詩》)

第一例指出把手握緊,只會握死,一個人不可能永遠握緊拳頭。只有把手鬆開,別人才能放進東西。所謂「放下擁有,就擁有一切」、「摘花的手,把花送出去之後,才能指尖留香」,正是「捨一得萬」的智慧。第二例指出「很簡單」其實是不簡單,有原則其實就是「沒有原則」。在「鬥」的世界,所有的簡易均為變易,只要能「鬥贏」,便是唯一的指導原則,無所不用其極。第三例楊照剖析拜倫與世界的關係,正屬「敵對的友好」,這是矛盾的組合,亦為恐怖的平衡,彰顯「似非而是」的內蘊。似此敘述,陳望道相當推崇,

> 「奇說」「妙語」(Paradox) 的一種警策辭。這是警策辭中最為奇特，卻又最為精彩的一種形式。[3]

所謂「警策」，即「雋語」的別稱，往往訴諸反襯的認知，悖論的揭示，綻放曖曖含光的白色思考帽與綠色思考帽，醒心豁目，最足珍視。

第二節　由字句走向篇章

語文書寫的核心，要由「部分」(遣詞造句)，走向「部分」和「部分」的關係（結構組織），走向「部分」和「全體」的關係（立意取材），見樹亦見林，能精微，能宏觀。如此一來，由狹義修辭（亦稱「傳統修辭」)，擴至廣義修辭（亦稱「大修辭」)，才是實用修辭寫作的康莊大道。茲以修辭最重要的兩大辭格「譬喻」、「映襯」為考察對象：

一　譬喻

譬喻運用在寫作上，要點有三：第一、統一喻體，深化喻解。經由喻體客觀「性質」、主客「關係」的剖析，詳加說明引申，在排比、層遞的結構中，呈現鞭辟入裡的立意取材。

以林貴真〈生命是個橘子〉為例，其中第二至第三段如下：

> 2. 生命是個橘子。片中男主角是一名黑人，名叫麥斯，他是廣告片導演，和妻子兒女合組一個像大多數人一樣十分正常的

3　陳望道：《修辭學發凡》(上海市：上海教育出版社，2001年)，頁191。

家庭。如果這個家像一個橘子，這個橘子的外表算是光鮮的，一位美麗能幹的妻子，一兒一女，還養了一條狗，住在高級住宅裡，男主人有一個滿意稱職的工作……

生命是個橘子，一個從外表看起來是不錯的橘子。

3. 生命是個橘子。一天男主角麥斯到紐約公幹，他想起曾經有位至交好友，因故已久不再來往，據說最近他得了愛滋病，患難之情湧現，他拜訪了這位失散多年的朋友。友誼的可貴就在朋友有難時，你願伸出援手。生命是個橘子，失去健康就像變味的橘子，可能發生在自己身上，也可能在朋友身上。生命是個橘子，「時間」一到，早晚要變味的，唯一的「生命」是在變味之前……。

自第二段起，配合電影《一夜情》劇情，層層開展，發揮「橘子」（喻體）不同視角的詮釋。於是由橘子「外表」（第二段）、「健康」（第三段），至剝開「親自嚐了」（第四段）、滋味「酸酸甜甜」（第五段），再至看你怎麼吃「自己決定」，可說層次分明，立意深刻入理。經由橘子的性質，知道有的人是金玉其外，外表是測不準；經由橘子的賞味期，瞭解「及時」、「當下」的意義；經由橘子的口味，領略各有各的際遇，如人飲水，冷暖自知；經由橘子的太甜或太酸，深慨人生是過猶不及，不可能事事完美；經由吃橘子的心情，體悟擁有好心情，橘子是「甜多於酸」；一旦槁木死灰，了無生氣，所有橘子將「酸多於甜」，甚而酸澀難當。似此書寫，堪稱生命的橘子論，亦為橘子喻解的精彩剖析，全篇立意，由橘子的多元體會中娓娓道出，是現代版的〈橘頌〉。

又以筆者〈生命如登臺〉為例：

生命如登臺，往往沒有準備好就上臺。常常邊練習，邊改進，越改越好。研究所第一年、第二年沒考上，第三年就上了。站在講臺前初試啼聲，一回生，兩回熟，三回巧，終於知道有想法，也要有方法。

生命如登臺，演出一定要精采。演了老半天，終於深悟「沒有小角色，只有大演員。」此生演給自己看，演給社會看，演給天地看，演給良心看。當作家，要對讀者負責，當老師要對學生啟發，當先生要讓妻子安心。

生命如登臺，上臺看機會，下臺看智慧，賣力演出自己角色，讓人懷念。當然，臺上不管幾分鐘，轉身下臺的身影要優雅，每個人都要準備放手，讓舞臺空出來，讓世代交替，讓來世下一場戲，好戲連臺。

分別展現三種不同體會。第一階段是「往往沒有準備好就上臺」，硬著頭皮，打鴨子上架；第二階段是「演出一定要精彩」，演員一定要對觀眾負責，不能敷衍了事，做什麼像什麼；第三階段是「上臺看機會，下臺看智慧」，生命是隨順因緣，把握因緣，要有「上臺總有下臺時」的看透，「長江後浪推前浪」的坦然接受，不必戀棧。由此觀之，諸如「人生如驛站」、「人生如皮箱」、「人生如樹木」、「人生如鑼響」、「人生如放風箏」等，均可透過不同階段，寫出不同的喻解，擴充成篇。

第二、變化喻體，統一情境。經由喻體的性質、相關的連翩迭用，形塑統一的情意世界，在演繹（總分）、歸納（分總）的敘述中，呈現多層次的美感興會。

以夏菁〈月色散步〉為例：

此刻正像是水底的世界，

　　一切已沉澱，靜寂，

那些遠近朦朧的樹枝，
　　如珊瑚叢生海裡。

藍空上緩泛過光潔的浮雲，
　　是片片無聲的浪花；
只有一隻古代的象牙舟，
　　在珍珠的海上徐划。

行人看不清彼此的面貌，
　　只感到浮光掠影，
像魚兒優游在深綠的水中，
來去僅閃一閃銀鱗。

第一小節先總述月光下的世界，為沁涼的「水底的世界」，而後分述眼前的「樹枝」是「珊瑚叢」。第二小節拉向高空，分述「浮雲」是「浪花」，月牙是「象牙舟」，群星是「珍珠」，構成寧靜的海中美景。第三小節拉回四周，分述「行人」是「魚兒」，浮光掠影的迎面照會是「閃一閃銀鱗」。全詩在演繹的分合中，展現「點、線、面」的變通與協調，相較蘇軾月下的美感經驗「庭中如積水空明，水中藻荇交橫，蓋竹柏影也」(〈記承天寺夜遊〉)，更為擴大、更為細密似此譬喻，即由造句的美感激活，邁向謀篇的整體興發。

第三、好的譬喻並非孤立的存在，而能發揮秩序、聯貫的功能。尤其在譬喻意象上，除了切合情境，塑造氣氛外，更能暗示結局，豐富意蘊，耐人尋味。

以海明威《老人與海》為例，一開始描寫帆上破網像「一面標誌著永遠失敗的旗幟」(The sail was patched with flour sacks and, furled, it looked like the flag of permanent defeat.)。這樣的喻體，落寞無望，

渲染出低沉的調子，看不見飽滿的希望，彷彿老人一生的縮影。然似此譬喻，看似不經意，卻與小說結尾相呼應。小說結尾，老人雖釣到巨大的馬林魚，但遭鯊魚啃得只剩一副魚骨，終屬白忙一場。拖回岸邊，只能證明「光榮的失敗」，老人面對「慘勝」，只能露出烘乾橘子皮式的苦笑，笑向沉沉的海水。

又如港片《無間道》，警官（黃秋生所飾）將黑社會老大韓琛（曾志偉所飾）拘提，律師前來保釋，警官向韓琛伸手致意，表示誤會一場。韓琛拒絕，冷冰冰道：「我不跟死屍握手！」似此「死屍」的譬喻，除了諷刺對方之外，更暗示對方活不了多久，早晚會被幹掉，變成一具冷冰冰的屍體。果不期然，警官遭槍殺殉職。這樣的譬喻，除了表現韓琛的陰狠之外，更埋下伏筆，暗示對方下場，產生聯貫的照應功能。

二　映襯

映襯運用在寫作上，要點有三：

第一、掌握共時性（空間）的情境對比。藉由段落間「正反」、「賓主」的結構，呈現鮮明而複雜的觀照。

以呂本中〈採桑子〉為例：

> 恨君不似江樓月，
> 南北東西，
> 南北東西，
> 只有相隨無別離。
>
> 恨君卻似江樓月，
> 暫滿還虧，

暫滿還虧，

待得團圓是幾時？

上下兩闋，藉由一反一正的結構，結合譬喻，提出「恨君」的兩種情境：不能南北東西的相隨，只有暫滿還虧的別離。而這正是情感的深層複雜，同樣的江樓月，既是反面傷感的慨嘆，又是正面期待的激問，在一反一正的激盪中，對映出感情世界的矛盾組合，於是在「聚散兩依依」中，兩難心事，哀哀怨怨，不免荒謬痴語，只有情意邏輯，無理而妙。

又如許悔之〈鳥語〉(《陽光蜂房》)：

說鳥不自由

鳥飛在空中

說鳥自由

鳥在宇宙大樊籠

有語誑

語不誑

都好

高興就好

第一小節自「不自由」(反)、「自由」的角度說鳥。第二小節自「誑」、「不誑」的角度說「語」言的歪曲、正確。第三節統一在「都好」的消解上。須知不管正說反說，都是真實的一面；不管如何衝突對立，都可以在更寬朗的心態中，得到化解。不管如何眾聲喧嘩，能自得其樂，最重要。真的「高興就好」。

第二、掌握歷時性（時間）的情節對比。藉由「正反」、「賓主」

的轉折變化，呈現弔詭的透視。

以晶晶〈深情〉最短篇為例：

> 「生日快樂！生日快樂喔！」
> 「臨時有事，不能陪妳去電影了。」
> 「想了一個晚上，覺得我們不適合，到此為止吧。」
> 「可以和妳做個朋友嗎？」
> 「妳的笑容真美，下次再一起看電影好嗎？」
> 「妳決定要訂哪家的喜餅了嗎？」
> 「對不起，我想我無法給妳幸福，喜帖應該還沒寄出去吧？」
> 深夜，浪花潮起潮湧的海邊，他們在一雙女鞋旁的手機裡，找到這些簡訊。

前三個簡訊，開高走低，由正而反，代表一段戀情的結束。後四個簡訊，亦開高走低，由正而反，代表另一段戀情的結束。最後女子傷心之餘，選擇結束自己生命，不再落入戀情的尖銳反差中，由幸福紅色跌落黑色深淵。

又如晶晶〈天意〉最短篇：

> 「各位旅客，原訂九點二十分往花蓮、台東的莒光號，在台北往松山的途中故障，目前開車時間無法確定，請旅客隨時留意廣播。」
> 糟糕！她說這次我再遲到，就要跟我分手……看來，這是天意了。
> 這麼想之後，他竟解脫似的呼出一口氣。接著，他耳邊響起：
> 「原訂九點二十分往花蓮、台東的莒光號，將在兩分鐘後進站……」

「他」藉由火車誤點，念及女友的耳提面命，知道這一段戀情將結束。雖說結束，有些不捨，但也是一種解脫。在由反而正的自我告白之際，火車竟奇蹟似進站，將準時前往花蓮。於是，「由反而正」的情緒，再起波瀾，終將「由正而反」，和女友見面，無法逃避。而似此「正反」的循環變化，正是命運的反諷，一切都是天意，真的天者誠難測，一切都是未定之天，變化莫測，難以看透其間的弔詭奧祕。

第三、好的映襯，往往兼及其他辭格，展開情境（今昔、大小、時空等）或情節（正反、抑揚、層遞）多層次的對比，呈現深層的複雜，呈現弔詭的真實。

以非馬〈電視〉為例：

一個手指頭
輕輕便能關掉的
世界
卻關不掉
逐漸暗淡的螢光幕上
一粒仇恨的火種
驟然引發熊熊的戰火
燒過中東
燒過越南
燒過每一張焦灼的臉

前三行是眼前，是螢光幕的世界；接著三行是遙遠，是駭人聽聞的殺戮；最後四行，形成仇恨的效應，綿延擴大。全篇由正（「關」）而反（「關不掉」），以賓（「一個手指頭」）形主（「一粒仇恨的火種」），最後在排比的拓展中帶出戰火的殘酷。

另如羅門〈車禍〉（《羅門詩選》）：

他走著　雙手翻找著那天空
他走著　嘴邊仍吱唔著砲彈的餘音
他走著　斜在身子的外邊
他走著　走進一聲急煞車裡去

他不走了　路反過來走他
他不走了　城裡那尾好看的週末仍在走
他不走了　高架廣告牌
　　　　　將整座天空停在那裡

全詩是文字的蒙太奇。第一小節，自主體（「他」）的視角展開，最後停格在車禍現場。第二小節自客體（「路」、「週末」、「高架廣告牌」）視角展開，雖然「他」靜止不動，而附近的世界仍生猛的運轉。全詩由第一小節的「正」，對照第二小節的「反」，在主客易位中照見「生死一貫」的往返變化，換個角度，世界真的不一樣。如此一來，第二節的「轉化」書寫，不再只是移情作用，而是換個角度的真實視野。

第三節　綜合運用

實用修辭寫作，在認知上宜掌握「立意取材」的觀察力、想像力與思維力，注重意象的感染力與創造性；在篇章上宜掌握「結構組織」的思維力與表達力，注重情境、情節的飽滿與複雜。其中「立意取材」上的認知與「結構組織」的安排，正是以「譬喻」為中心的想像系統與以「映襯」為中心思維系統兩者的綜合妙用。

以蔡澔淇〈蛻變〉極短篇一、二段為例：

她用胖嘟嘟的小手緊握著嬰兒床的欄杆坐著，舌尖不住的舔著剛長出的兩顆門牙，靈澈的眼珠子骨碌地轉動，四處張望。初夏晌午的陽光穿過葡萄棚，在她身上灑滿了點點金圈。一片葡萄葉搖曳著飄下，落在她的腳跟前。

她挪動一下圓滾滾的胖腿，好奇的望著那片落葉。一個黑點在樹葉邊緣晃動，過了一會成了一條肥厚的黑線，滑過樹葉表面，不聲不息的直朝她游動。帶毛的黑線爬上了她白嫩的腳踝，小腿肚，膝蓋……，她覺得一陣刺癢，那肥厚的黑線直往上爬，越來越近，毛耳茸茸的身軀越來越大。轉眼間一團黑毛已附在她肩上，黑團中有兩粒小眼直盯著她。「達達——，達——達——，」她驚慌的尖叫，小手死命的揮舞，重心一個不穩，躺臥了下來。那黑團又開始移動，逐漸逼近，逐漸龐大……。

「倩雯，妳還好吧？」交往快兩年，未曾牽過手的他緊摟住她的雙肩，焦急的望著她。

她虛弱的點點頭，深吸了口氣：「我從小就對毛蟲敏感，見了毛蟲不是作嘔就是昏倒。剛才昏過去多久了？」

「大概一兩分鐘，把我嚇壞了，」他將她扶正，輕聲補上：「奇怪，這麼晚了，怎麼會有毛蟲出現？」

她緊依著他，相偎坐著。見到毛蟲引起的疙瘩已消盡了，代之的是滿臉燥熱。她瞥了他攬著她肩膀的手一眼，偷偷抱怨：這麼晚出現，再半小時宿舍就要關門了。

第三段寫倩雯已變成媽媽，竟然小女兒嬰兒床欄杆出現一條毛毛蟲，她只好硬著頭皮解危，把它揮走踩踏。第四段寫已升格當祖母，「縱浪大化中，不喜亦不懼」，當小孫女比陽光中葡萄棚的毛毛蟲，她淡定道：「那是蝴蝶的幼蟲。」

此篇最大特色不自蝴蝶傳統意象的淒美、脆弱、物化上立意，而自毛毛蟲的「蛻變」上著眼。與法國片《蝴蝶》，老人和小女兒的互動成長，可相互輝映。

全篇優點有三：

第一、在立意取材上，統一喻體，變化喻旨；統一意象，豐富寓意。

第一段中的毛毛蟲是恐怖的意象，童年陰影。第二段中的毛毛蟲是感恩的意象，歪打正著。第三段是挑戰的意象，勉強自己面對。第四段是成長的意象，客觀照見，無須驚懼。於是「蝴蝶」一掃傳統「綺麗、脆弱、短暫、脆弱」的意象，一躍而為「蛻變」的象徵，也象徵倩雯一生的成長，正是特殊個案，普遍顯影。

第二、在結構組織上，循序漸進，自然開展；層次分明，層遞擴大。

全篇以時間為脈絡，第一段敘述自小被毛毛蟲嚇到。毛毛蟲遂成倩雯她一生的夢魘。第二段點出「可憎」的毛毛蟲居然變成「可愛」的媒婆，讓她和男朋友突破交往瓶頸。第三段描述她「為母則強」，基於母親角色，她硬著頭皮，「打敗」毛毛蟲。第四段升格為祖母，早已跳出毛毛蟲心結，坦然面對「毛毛蟲」的造型。形成層遞的結構。

通篇作者藉由四個階段，寫出「成長」的四部曲：開始由感性至知性，由「懼怕」至「感激」（一、二段）；而後，由「感激」至表面「征服」（二、三段）；最後，由表面「征服」至心平氣和的「接受」（三、四段），正是生命歷練的必然過程。一路走來，自當看清事實、看透世情，不再受情緒干擾，猶如茶葉下沉，留下澄黃的光澤。而這樣的境界，當如陶淵明所說：「縱浪大化中，不喜亦不懼。」（〈形影神〉），映射清明的智慧之光。

第三、在遣詞造句上，善於描繪細節，渲染情境，善於轉化行文，生動變化。

首先，在描繪細節上，以第一段為例，尤其能自嬰兒的視角加以捕捉。此時小嬰兒還沒有「毛毛蟲」的概念，只有視覺上的「一個黑點」、「一條肥厚的黑線」、「帶毛的黑線」、「肥厚的黑線」、「毛茸茸的身軀」、「一團黑毛」、「黑團中有兩粒小眼」，試想，若將這些地方，換成「毛蟲」，甚至將「達達──」驚聲尖叫，改：「好可怕！毛蟲！」那麼整個描寫便毀了。無法予人真切的情境。似此細節的描繪，情境的刻劃，相當細膩生動。

其次，在轉化的描繪上，如第三段中「用了四十年的心臟幾欲罷工」是結合誇飾的擬人（人性化），第四段中「一條肥厚的黑線掀開她人生的相簿，一組組幻燈片在眼前跳動」是結合借代的擬人，均能變化敘述，並與第一段「一條肥厚的黑線」相呼應，值得取法。

其次，以張春榮〈永不孤單〉（《青鳥蓮花》）散文[4]為例：

> 住在臺北，只要你一息尚存，你永不孤單。
>
> 寂靜子夜，你會聽見樓下或隔棟樓有人引頸高歌，透過麥克風，開心地告訴你：「浮生若夢，為歡幾何？」睡意正濃時，你會聽到巷口米店大黃狗或擺水果攤的大黑狗聲嘶力竭通知主人：「我逛太晚，開門讓我進去。」晨曦未亮之際，取下消音器的摩托車更元氣淋漓吼向你耳膜：「記住！早起的鳥兒有蟲吃！」
>
> 走在路上，大廈冷氣機會在風中偷吻你的面頰，頂樓上用塑膠水管威力掃射般揮灑的澆花客常會灑得你一臉水珠，讓你領悟「天外有天，人外有人」的妙趣。而騎車在路上，馬路常用坑

4 此篇賞析，可參李翠瑛、王昌煥：《散文仙境傳說》（臺南市：翰林出版事業公司，2007年），頁76-78。

坑洞洞來測驗你屁股的彈性，有的轎車客運車更是熱情有勁把你擠得人車撲地，讓你皮破血流，深悟孟子「天將降大任於斯人也，必先苦其心志，勞其筋骨」的深諦。

下班回家，打開信箱，五顏六色的廣告單展開熱烈攻勢。怕你不知道附近新開幕有特價品，百貨公司週年慶五折起，鴨莊重新裝潢歡迎光顧，高級住宅出售買到就賺到，搬家公司服務至上，度假村保證賓至如歸……，讓你的脈搏與都會繁華同步悸動。其中來函，有的更是情真意切，怕你久久未練習寫字，要你將該信重抄一遍影印十份寄出，有的更恭賀你是千萬人抽出的幸運之星，只要你訂購，你就會收到你意想不到的驚奇禮品，……讓你生活加添關懷，注入浪漫。

蟄居臺北，不管你如何遺世獨立，臺北永遠擁抱你，只要你有耳朵，永遠有金屬破裂般尖音鑽入你耳輪說：「再睡，不用怕，你不會被丟棄在寂寞的角落。」只要你有信心，你就可以由街頭種種遭遇，進入水平思考，挖掘先聖先賢顛撲不破的哲理；只要住處有信箱，你天天有期盼，即使遠方的友人已經無法再寫信給你，即使你已變成老骨頭，你都可以接到廣告單，戴起老花眼鏡一字一字的讀完，然後很驕傲的說：「我永不孤單。在臺北，真好。」

第一、在立意取材上，本篇採言辭的反諷，自倒反（倒辭）的角度，照見臺北生活的「優點」。

第一段中的「永不孤單」，是苦中作樂的興會。第二段中的夜間噪音，是聽覺上的熱鬧洗禮。第三段中的「行路難」，是生活智慧的修行。第四段中信箱廣告單的「土石流」，是「民吾同胞」的「對你愛愛愛不完」，第五段的「真好」肯定，其實是「好你個頭」的苦笑，是充滿苦難的幽默自娛。

第二、在結構組織上，本篇採「總分總」（凡目凡）的敘述模式，在歸納中演繹，自演繹中歸納照應。

第一段概括全篇主旨。第二、三、四段分寫生活上的種種「愉快」經驗。包括：夜間睡眠時的「晚安曲」（第二段），平日走路開車的「體能訓練」（第三段）、回家時垃圾郵件的「頻送秋波」。第五段總概聽覺、心覺、視覺，提出「真好」的結論，正是含淚的微笑，一切盡在「臺北居，大不易」的酸甜苦辣中。

第三、在遣詞造句上，善用排比，拓展文思；善用倒反，反說添趣。

首先在排比上，包括段落的排比（二、三、四段）、句群的排比（第五段）。第五段中「只要你有耳朵……」、「只要你有心……」、「只要住處有信箱……」分別是聽覺、心覺、視覺的鋪陳，由分化而共相，由多樣而統一。

其次，在言辭反諷的倒反上，似褒實貶，化黑色為幽默，正可以自我解嘲。比起正面述說「臺北是萬人如海一身藏的孤單」、「臺北生活的十大災難」、「臺北是精神的煉獄，肉體的地獄」、「我不喜歡臺北的理由」，更能讓人會心苦笑。於是，換個角度，自逆向思維中展現行文的突梯滑稽。

綜上觀之，可見語文書寫較難的在「立意取材」的認知與「結構組織」的安排。如何由「遣詞造句」的局部，擴大至全體的統整，才是寫作要訣金針。

茲以「杞人憂天，於事無補」的抽象思維為例，可以形象造句，化抽象為生動描繪。此即第一層的轉化：

1. 憂愁是胃最可怕的毒藥。（諾貝爾）
2. 能解決的事，不必擔心；不能解決的事，擔心也沒用。（電影《火線大逃亡》）

3. 牙膏必須擠出管外，支票必須換成現金，才有意義；畫梅止渴，終究口乾舌燥；畫餅充飢，終究飢腸轆轆。(錦池)

第一例運用譬喻，第二例運用「正反」的映襯，第三例運用譬喻與映襯兼用，強調「心動不如馬上行動」、「說一丈不如做一尺，彈五指不如伸一拳」。

事實上，如何將形象思維的造句，再加擴充，再加延展，變成情境的篇章，此則二層的轉化，全賴作者的思維力與想像力。以「杞人憂天，於事無補」的立意而言，即可以擴大至晶晶〈腳步〉最短篇：

和他在一起，我從不想未來，未來是無法預測的，去想我就會擔心，擔心我就會做出一些事，一些無法挽回的事，像過去每次一樣，所以我什麼都不想……

腳踩在平穩的地面時，她才發現自己已經走離吊橋了。

第一段是心理獨白「虛」，寫過橋時的意識流，述說自己和他的「兩人世界」，一切不可預期，想太多也無濟於世，乾脆不想。第二段是一步一腳印「實」，寫因自己專注，不被無益的懼怕壓住，反而能履險如夷，走過搖搖晃晃的試驗，安全過關。似此情境寫作，自「吊橋」取材，自「信任」、「放心」上立意，自「虛實」映襯上安排，呈現個人經驗的感悟，當是書寫的重點所在，亦為修辭教學的重點所在。

第四節　結語

綜上所述，實用修辭寫作的重點，可自「立意取材」、「結構組織」、「遣詞造句」總括分述：

第一、立意取材

立意包括情與理的開展，包括想像力的綜合創造與思維力的高度批判。在立意取材上，以「譬喻」為中心的想像系統，可以看出意象運用的兩個模式：(一) 同一意象的重複深化；(二) 不同意象的相關統一。前者如蔡澔淇〈蛻變〉，立意上力求「統一多樣」，後者如渡也〈永遠的蝴蝶〉，力求「分化的共相」。[5]

以「映襯」為中心的思維系統，可以看出「映襯」三類：「對襯」、「雙襯」、「反襯」，實為「意義層」探索的三個層次，絕非「語言層」上的平行並列而已。質實而言，映襯始於「對襯」(二元對立)，次於「雙襯」(對立的統一)，終於「反襯」(相反相成的統一)的辯證性；由表層的簡單認知，遞進擴大，形成深層體驗，直指「弔詭」的奧義所在；由形式邏輯的「感性」、「知性」，終至辯證性邏輯的高明「悟性」。

第二、結構組織

在結構組織上，可掌握「共時性」(空間)、「歷時性」(時間) 兩個向度。「共時性」注重橫向思維的並列分化，強調畫面的感染力 (畫面情境)，呈現細節的相關組合；「歷時性」注重縱向思維的演繹流轉，強調問題的有效解決 (問題情境)，掌握情節的因果關係。兩者交相為用，交織成「變化中求統一」、「統一中求變化」的安排設計。

大抵以「譬喻」為中心的想像系統，在「共時性」的安排上，往往結合排比，形成共相的分化，統一的多樣，如林貴真〈生命是個橘子〉、夏菁〈月色散步〉；在「歷時性」的安排上，往往結合層遞，形成擴大與深化，如趙曉君〈鏡〉、方瑜〈蠅屍〉直指象徵的內蘊。[6]

至於以「映襯」為中心的思維系統，在「共時性」的對比上，包括畫面情境「正反」、「賓主」的對照並置，如呂本中〈採桑子〉、羅

---

5 可參筆者：《極短篇的理論與創作》(臺北市：爾雅出版社，1999年)，頁210-211。

6 隱地編：《爾雅極短篇》(臺北市：爾雅出版社，1991年)，頁45-51。

門〈車禍〉等。而在「歷時性」的對比上，包括問題情境中「正反」、「賓主」的轉折變化，如晶晶〈天意〉、非馬〈電視〉等，造成情境的反諷。

第三、遣詞造句

譬喻系統與映襯系統往往相輔相成，綜合運用；前者長於形象感染，後者擅於抽象解析，以「愛情」為例：

1. 愛情像玫瑰，前半生是花，後半生是刺；擁抱是痛，等待是枯萎。（杜十三《愛情筆記‧刺》）
2. 情之為物，本是如此，入口甘甜，回味苦澀，而且遍身是刺，你就算萬分小心，也不免為其所傷。多半因為這花兒有幾般特色，人們才給它去上這個名兒。（金庸《神鵰俠侶》）

第一例以「玫瑰」為喻，接著以工整對比呈現愛情的特質正是甜蜜的痛苦，每多蘭因絮果。第二例指出此花具有愛情的三種特質「入口甘甜」、「回味苦澀」、「遍身是刺」，因此以「情花」稱之，正是轉化中的形象化。可見遣詞造句譬喻系統與映襯系統的合則雙美，更顯精彩。

由上觀之，以譬喻為中心的想像系統與以映襯為中心的思維系統，是修辭樞紐所在。其中包括「遣詞造句」的技能外，更兼及「結構組織」、「立意取材」深層認知。當此之際，修辭學當與章法學、敘事學對話、融合，重塑更優質更豐美的語言層與意義層的探索。

張春榮著《修辭新思維》(臺北市：萬卷樓)

張春榮著《南山青松：張春榮極短篇》(臺北市：爾雅)

修辭的會通

就書寫而言，修辭是文本互涉的繼承與創新。如果說原創力是「無中生有」的獨創變造，修辭的會通，則是「有中生有」的再創造，向錦心鏽口借靈感，以名言佳句為觸媒；推陳出新，競秀爭流；得以在「語言層」、「意義層」上融會活用，凌雲健筆，再顯書寫的風華。

歷來論及文本互涉，六朝劉勰主張「規模本體謂之鎔」(《文心雕龍・鎔裁》)，所謂「鎔」即「鎔意」(王更生《文心雕龍讀本》)，自意義層上著眼。唐釋皎然指出有「偷語」、「偷意」、「偷勢」(《詩式》) 三類，所謂「偷」，猶如今日所稱「高明的剽竊」，由語言層邁向意義層。而後宋黃庭堅提出「不易其意而造其語，謂之換骨法；規模其意而形容之，謂之奪胎法」(釋惠洪《冷齋夜話》卷二)，「換骨」是內容繼承，形式革新；「奪胎」是形式繼承，內容革新；前者偏語言層的再造力，舊酒裝新瓶；後者偏意義層的再造力，新酒裝舊瓶。於是，在文本互涉的激盪與挑戰裡，普世價值與語文美感得以青藍冰水，後出轉精，直指語言層、意義層現代感的追尋與探索。

可見修辭的會通，可以自形式的語言層、內容的意義層上加以爬梳。文心輝映，藝境彌新，最能照見語言藝術的奧祕，以下自「意義繼承，語言革新」、「語言繼承，意義革新」雙軌的上激活、召喚同類競技、同技競寫的創造力。

第一節 意義繼承，語言革新

修辭上的「意義繼承，語言革新」，即修辭學中極重要的「同義手段」[1]。所謂「同義手段」是「同義選擇手段」的簡稱，指意義大致相同，先後相涉；但選擇的表現形式，大相逕庭，呈現嶄新的語感。就題型而言，相當「同義」名言佳句的「改寫」。其中可說者有二：

一　繪畫性（形文）、音樂性（聲文）、音義性（情文）的會通

名言佳句是文學的精品，文化通行的身分證，可以在視覺智能中展現意象，也可以在音樂智能中挹注韻律，進而在人際智能、內省智能中映射飽滿的力度。以「人生往往事與願違」為例，可以改寫成：

1. 人生不過是在並不幽靜的水邊空釣一場的玩笑，又那兒來的魚？（陳之藩《旅美小簡．釣勝於魚》）
2. 人生是一襲華美的袍，上面爬滿了蝨子。（張愛玲〈我的天才夢〉）
3. 玫瑰枯萎了，蜜蜂才長出翅膀。（李長青《秋葉集》）
4. 希望原來是虛妄。（姚一葦《孫飛虎搶親》）
5. 言豫津酸溜溜感慨道：「君生我未生，君生我已老。」（海宴《瑯琊榜》）
6. 所謂孤峰，也就是再也沒有遮蔭之處。（朱少麟《地底三萬尺》）

1　王希杰：《漢語修辭論》（北京市：當代世界出版社，2003年），頁221。

7. 雄心的本質只是夢的幻影。(《哈姆雷特》)

前三例是繪畫性（形文），藉由所求非所願，內心錯愕，到頭來徒留空釣一場的苦澀玩笑（第一例）、坐擁尷尬扼腕的難堪（第二例）、感嘆生不逢時的錯位（第三例），均為期待落空的反諷人生。第四、五例是音樂性（聲文），第四例藉由同音字（「望」、「妄」），指出人常過度期待一場空；第五、六例藉由類字（「君生」、「我」），點出時不我與，兩人有緣無分。最後二例則直接敘述判斷。第六例直指高處不勝寒，君臨天下，也獨孤天下；萬人之上，無人之巔，是從沒想過的淒涼；第七例透視雄心壯志的自我欺瞞，造作奔馳總成空，誠然「一切有為法，如夢幻泡影」。由上七例觀之，可見同義手段的豐富性；在會通的意象、韻律、意義的「文本互涉」中，競顯源源不絕的再造力。

其次，以「人紅是非多」（俗語）為例：

1. 質的張而弓矢至焉，林木茂而斧斤至焉。(荀子〈勸學〉)
2. 高臺多悲風，朝日照北林。(曹植〈雜詩六首〉)
3. 木秀於林，風必摧之；堆出於土，流必湍之；行高於人，眾必非之。(魏源〈命運論〉)
4. 樹大招風風撼樹，人為高名名喪人。(吳承恩《西遊記》)
5. 吾觀自古賢達人，功成不退皆殞身。(李白〈行路難〉)
6. 辯論終結後，毀謗變成輸家的工具。(蘇格拉底)
7. 我怎麼可能免於責難？那是居高位必然的命運。(華盛頓)

前二例為格言的意象化。第一例藉箭靶（質的）與箭（弓矢）、樹木與斧頭的關係，類比「德高謗興，事修毀來」的生活情境。第二例藉「高臺多悲風」的場景借喻「高處不勝寒」的孤獨，「高處被檢視」的招嫉。第三、四例展現格言的韻律美。第三例藉由三組排比與三組類字（「於」、「必」、「之」），揭示「煩惱皆因強出頭」的招嫉缺失。第四例藉由對偶（寬對）與兩組類字（「樹」、「人」）、頂真（「風」、「名」），點出名聲的風險，尤其「烈夫殉名」，不能不有所警惕。最後三例則為意義的直接敘述。第五例剖析「功成不退」必成「人紅是非多」的箭靶，亢龍有悔，急流湧退，可以遠離是非之地，速禍之所。第六例剖析輸家的心理機制，必定把責任推到贏家身上，必然以「毀謗」為能事，「合理化」自己的落敗。第七例透視官場文化的真實，官位有多高，陰影就有多長，責難就有多大。「居高思危」時要有上臺的擔當，下臺的智慧。

二　辭格系統的會通

就意義繼承、語言革新而言，可見語言藝術加工，極態盡妍，文心照眼。其中更見以「譬喻」為中心的想像系統（包括「移覺」、「轉化」、「誇飾」、「象徵」等）與以「映襯」為中心的思維系統（包括「對偶」、「示現」、「排比」、「層遞」、「反諷」等）相互靈活變通，各騁其妙。

首先，以「政客與政治家目標不同」的抽象概念為例，可以改寫成：

1. 政客是水餃股，政治家是績優股。
2. 政客是尿布，臭不可聞；政治家是蠟燭，燃燒自己，照亮別人。
3. 政客像紙老虎，一戳即破；政治家像不倒翁，永遠頂天立地。
4. 政客是牆頭草，兩邊倒；政治家是長青樹，屹立不搖。（秋實）

凡此四例，均藉由譬喻，化抽象思維為形象思維。第一例僅用喻體，後四例在喻體之後，分別加上喻解，解析對照兩種不同的生命形態：政客是短線炒作，政治家是長紅興利；政客私而忘公，政治家公而忘私；政客利字擺中間，道義放兩旁；政治家道義擺中間，利字放兩旁。後三例結合映襯的強烈反差，更顯政客只有口水，終見虛情假意；政治家無視汗水，一生實心實意。政客經不起檢驗，政治家是歷久彌新的人格典範，兩肩擔道義，一心憂百姓。猶如以下所云：

5. 政客關心下一次選舉，政治家關心下一代。（克勞克）
6. 政客只看到眼前在廣場上搖旗吶喊的成人，政治家心中卻一定有一個六歲的孩子。（龍應臺）
7. 政客關心自己的口袋，政治家關心全民的口袋。（明覺）
8. 政客是嘔吐的對象，政治家是永恆的偶像。（網路）
9. 政客是做大官不做大事，政治家是做大事不做大官。（錦池）
10. 政治家是為國家服務的政客，政客是叫國家為他服務的政治家。（Georges Pompidou）

五至十例均以映襯方式，展開言顯意豁的批判。第五例藉由「下一次」、「下一代」的強烈對比，第六例藉由「成人」、「六歲的孩子」的鮮明反差，第七例藉由「自己」、「全民」的大小對比，第八例藉由「一時」、「永恆」的時間落差，剖析兩者差異。第九例，藉由「做大官不做大事」、「做大事不做大官」的對比（兼回文），增添敘述的音樂性。第十例兼由回文，對比出政治家和政客的差異。政治家心中有國家，政客心中只有自己。

其次，以「劣幣逐良幣」（俗語）為例，可以改寫成：

1. 黃鐘毀棄，瓦釜雷鳴；讒人高張，賢士無名。（屈原〈卜居〉）
2. 讒邪害公正，浮雲翳白日。（孔融〈臨終詩〉）
3. 蒼蠅間黑白，讒巧令親疏。（曹植〈贈白馬王彪〉）
4. 阿諛是人性市場通行的貨幣，忠言是束之高閣的骨董。（秋實）
5. 阿諛端坐廳堂，正直摒置門外。（富勒）

前三例自譬喻加以類比，描述「奴才打擊人才」（「黃鐘毀棄，瓦釜雷鳴」）、「蠢才埋沒人才」（「浮雲翳白日」）、「不才中傷人才」（「蒼蠅間黑白」）的矛盾情境。第四例藉由譬喻，指出人性通病，喜歡阿諛奉承，不愛逆耳忠言，於是買櫝還珠，信偽迷真，無法有清明正確的判斷；而「奴才」、「蠢才」、「不才」取巧攀緣，無不飛黃騰達，每每坐在超出他能力的高位上。第五例藉由轉化，將「阿諛」、「正直」擬人，並結合映襯，形成情境的反諷。可見「譬喻」、「轉化」是想像力的同質異景，兩者可以相互變身（同樣的主語，不同的表達），展現不一樣的鮮活語感。另如：

6. 吹牛拍馬者在官場中熙熙攘攘，常吃香喝辣；堅持公義者往往在曠野裡踽踽涼涼，喝西北風。（錦池）
7. 諂媚從來不會出自偉大的心靈，而是小人物的伎倆，他們卑躬屈膝，把自己儘量地縮小，最後鑽進他們趨附的人物的生活核心。（巴爾扎克）
8. 偷一條麵包進監獄，偷一條鐵路進國會。（蕭伯納）
9. 公僕：人民選出來分配贓款的人。（馬克吐溫）

六至九例均以映襯方式，展開對比的剖析敘述。第六例在情境的強烈對峙中，加上疊字（「熙熙攘攘」、「踽踽涼涼」）的描摹，兜出反諷的嘲弄。第七例藉由先反（「不會出自偉大心靈」）後正（是小人物的伎倆），剖析「諂媚」的趨炎附勢的深層心理。第八例藉由大小對比（「麵包」、「鐵路」），造成結果的反差（「監獄」、「國會」），直指表裡不一的現實反諷。第九例藉由「公僕」表裡不一的反諷，指現今「民主」選舉的變調。選賢與能只是文宣、口水，爭權逐利才是事實。「公僕」者，以己為公（上位），以民為僕；「民主」者，以民為僕，以己為主，終成選民無法揮別的惡夢。

綜上形文、聲文、情文的會通，可見修辭是同義手段的藝術化，讓抽象思維找到形象的外衣，讓慣性語法找到活力的泉源。也難怪王希杰謂：

> 對一個語言來說，同義手段的豐富多彩是它發達、成熟、優美的標誌。同義手段越是豐富，這一語言的生命力就越是強大。對一個人來說，他掌握同義手段越豐富，他的修辭技巧越高明越成熟。[2]

在同義手段藝術化（正偏離）的形象思維裡，正可以檢視作家「意義繼承，語言革新」的創造力，並見其語言藝術的敏覺、變通、流暢、精進與獨創。

第二節　語言繼承，意義革新

所謂修辭上的「語言繼承，意義革新」，即「仿擬」。仿照原作語句形式，加以替換、更動、類比、開展，引發新的詮釋、新的發現。

2　王希杰：《漢語修辭論》（北京市：當代世界出版社，2003年），頁225。

就題型而言，即「仿寫」。歷來「仿寫」層次，大抵有四：一、替換字詞；二、更動語序；三、類比情境；四、開展新境。藉由此四層仿寫，可以呈現不同的創造力。

一　替換字詞

替換字詞，即取代性思考，採取接近的聯想，僅作局部仿寫，信手拈來，最容易完成。如「勿以善小而不為」，可以替換成：

1. 勿以錢少而不存。
2. 勿以書少而不讀。
3. 勿以力小而不做。
4. 勿以人微而不說。

凡此局部仿寫，均採黃色思考帽，積極奮發，有所堅持屬於相同格調的「正仿」。若仿成「勿以錢少而不偷」、「勿以書少而不燒」、「勿以屁少而不響」、「勿以尿多而不放」，採黑色思考帽，則為搞笑版的「戲仿」，化正經八百為不倫不類。另如「冬天來了，春天還會遠嗎？」可以替換成：

1. 黑夜來了，晨曦還會遠嗎？
2. 大雨來了，彩虹還會遠嗎？
3. 淚水來了，微笑還會遠嗎？
4. 失敗來了，成功還會遠嗎？

四例均為正仿，與原作精神相同，強調困境中等待的機會，多屬綠色思考帽。反之，若寫成「新詩來了，嘔吐還會遠嗎？」、「恐龍妹來了，逃跑還會遠嗎？」、「煙囪來了，污染還會遠嗎？」、「名牌包來了，血拚還會遠嗎？」則為化嚴肅為揶揄的戲仿。

二 更動語序

更動語序，即重組性思考，運用對比聯想。尤其以原句的逆向更動，形成回文，最能推陳出新，發人深慨。如：

1. 可憐之人，必有可恨之處。
   可恨之人，必有可憐之處。（諺語）
2. 小時候，幸福是一件簡單的事，
   長大後，簡單是一件幸福的事。（網路）
3. 慈悲沒有敵人，智慧不起煩惱，
   敵人沒有慈悲，煩惱不起智慧。（證嚴法師《靜思語》）
4. 唯寂寞始能長保清醒，
   唯清醒始能永耐寂寞。（余光中〈螢火山莊〉）

四例更動語序，均為寬式回文。例中重點為「可憐」、「可恨」（第一例）、「幸福」、「簡單」（第二例）、「慈悲」、「敵人」和「智慧」、「煩惱」（第三例）、「寂寞」、「清醒」（第四例）的回環顛倒。在逆向思維中提出嶄新視角，發人深醒。至於「德配孟德」，更動成「母配孟德」，由孟母的芬芳懿德，變成嫁給曹操；又「豬死了，沒有人下臺」，更動成「人死了，沒有豬下臺」；由對政府官員的批評，變成對政府官員的雙關諷刺（「豬」），均成戲仿嘲弄。

三 類比情境

類比情境，即相關性思考，採用相似聯想。類比仿寫的一再運用，可以形成映襯（對比、對襯），進而排比，展現表達的變通力與流暢力。以「黑貓白貓，會抓老鼠，就是好貓」為例，可以類比成：

1. 險招怪招，會贏的，就是好招。
2. 黑蛋白蛋，有機的，就是好蛋。
3. A 股 B 股，能賺錢的，就是好股。
4. A 咖 B 咖，能做事的，就是好咖。（筆者）

四例類比情境，講求正面效應。不管色澤如何（「黑」、「白」），類別如何（「險」、「怪」、「A」、「B」），能發揮利多效益，才是商場「管理學」。反之，若寫成「左手右手，有第三隻手，就是好手」、「大屁小屁，會響的，就是好屁」、「大眼小眼，能偷窺的，就是好眼」，純屬荒誕的戲仿，負偏離的仿寫。

另以「豬哥裝聖人」為例，可以類比成：

1. 惡梨裝蘋果。
2. 蒼蠅當黑芝麻。
3. 老鼠屎當珍珠。

若將仿寫的第一例和原作結合，所謂「豬哥當聖人，惡梨當蘋果」，則成映襯；若將仿寫第一例、第二例和原作結合，所謂「豬哥當聖人，惡梨當蘋果，蒼蠅當芝麻」則為排比。似此，亦為仿寫的流暢力。

四　開展新境

開展新境，即衍生性思考，善用因果聯想。似此仿寫，雖依原作形式，然在內容上卻延伸、擴大，加深加廣，展現表達的精進力與「相對」獨創力。以底下四組為例：

1. 不要錢的，怕不要臉的。
2. 只要有人的地方就有江湖，有江湖就有恩怨。
3. 不入虎穴，焉得虎子？
4. 生意興隆通四海，
   財源茂盛達三江。（對聯）

可以開展新境，再加延展衍生：

1. 不要臉的，怕不要命的。（諺語）
2. 有江湖就有恩怨，人就是江湖。（金庸《笑傲江湖》）
3. 一入虎穴，變成龜孫子！（網路）
4. 生意興隆，在興隆中找生意；
   財源茂盛，在茂盛中覓財源。（對聯）

如將仿寫的第一、二例和原作合併，所謂「不要錢的，怕不要臉的；不要臉的，怕不要命的」只要有人的地方就有江湖，有江湖就有恩怨，人就是江湖」，均為修辭上的「層遞」，層次分明，層層深入。而金庸名句還可以再延展成「人心是看不見的江湖」、「數位 3C 是現代人的江湖」，更進一步的衍生。如將第三例和原作合併，所謂「不入虎穴，焉得虎子？一入虎穴，變成龜孫子」，則變成「正反」比較的映襯。至於第四例，自「語言繼承」中略加變化，並在「意義革新」

中再加深究，於是「通四海」、「達三江」變成「在興隆中找生意」、「在茂盛中覓財源」的引申。於是，後出轉精，藉由類字（「興隆」、「生意」、「茂盛」、「財源」）與寬式回文（與「生意興隆」、「財源茂盛」的語序顛倒）的兼用，強調「生意興隆」、「財源茂盛」的藍色思考帽與綠色思考帽，別有深意。

其次，「語言繼承，意義革新」的辭格仿寫，一向被公認為修辭寫作訓練入門。辭格仿寫，最常見的進路有二：一、單一辭格；二、兼用辭格。如此一來，由被動消極的仿寫，邁向主動積極的創造性，形成由「仿」而「創」的遷移效應。

一　單一辭格

只要掌握單一辭格的特徵，即可得心應手，水到渠成。以西方諺語「習慣是銹，足以腐蝕靈魂的鋼鐵」為例，整個仿寫模式，在於能展開「本體＋喻詞＋喻體＋喻解」的完整敘述，「喻體」力求形象變化，「喻解」力求解析統一合理。仿寫如下：

1. 習慣是塵埃，足以沾滿亮麗的桌面。（明覺）
2. 習慣是白內障，足以遮蔽創意的眼睛。（孫大偉）
3. 習慣是毛玻璃，足以遮蔽窗外的風景。（筆者）

當然此處的「習慣」是「壞習慣」。如果改成「好習慣」，則「好習慣是陽光，讓心靈欣欣向榮」。這樣的仿寫，正可訓練莘莘學子的變通力；如果要訓練流暢力，可以要求仿寫兩個或三個以上，以「蚜蟲吃青草」為例，就可變成「蚜蟲吃青草，銹吃鐵，虛偽吃靈魂。」（契訶夫），藉由排比，由實而虛，鮮明立意，成為警句。

二　兼用辭格

往往兼用兩種辭格，密切搭配組合，更見語言藝術之妙，難度較高。以王鼎鈞「你以淚為標點，點斷了我的渾沌」為例，整個仿寫的重點有二：第一，「淚」和「標點」要有比喻關係；第二，「標點」和「點斷」要有頂真關係。兩個重點必須兼顧。仿寫如下：

1. 我以水為鏡，鏡照青春的容顏。(廖婉如)
2. 我以雙手為圓圈，圈住了你我的愛情。(黃馨儀)
3. 我以家為圓心，心繫親戚朋友的安危。(江笙喬)
4. 他以熱情為五線譜，譜出生命中最動人的旋律。(繆明儒)
5. 你以情為獵網，網住我的身心。(賴映儒)

以上仿寫五例，均為合格之作，把握頂真（「鏡」、「圈」、「心」、「譜」、「網」）中詞性的變化，尤其是「名詞」與「動詞」的靈活銜接（只有第三例「心」，是「名詞」與「名詞」的頂真），表現精準的變通力。

其次，以隱地「世界總是這樣，黑夜等不到黎明，黎明等不到黑夜」為例，整個仿寫的重點有二：(一) 三句的關係為先總（第一句）後分（第二、三句），先抽象概述，再具體呈現。(二) 後兩句的關係為寬式回文，指涉不和諧的情境。仿例如下：

1. 天空總是這樣
   月亮盼不到太陽
   太陽也盼不到月亮（洪聖富）
2. 銀河總是這樣
   織女遇不到牛郎

牛郎也遇不到織女（黃小萍）

3. 地球總是這樣

北極熊望不到南極企鵝

南極企鵝也望不到北極熊（楊巧敏）

4. 人生總是這樣

夏荷等不到冬梅

冬梅也等不到夏荷（陳亭吟）

5. 愛情總是這樣

寂寞時找不到歡樂

歡樂時找不到寂寞（王妙華）

6. 輪迴總是這樣

今生遇不到來世

來世也遇不到今生（黃冠翔）

7. 世界總是這樣

戰爭等不到和平

和平也等不到戰爭（李庭欣）

8. 現實總是如此

希望等不到絕望

絕望等不到希望（陳雅芳）

仿寫八例中，前三例聚焦具體情境（「天空」、「銀河」、「地球」），能掌握意象的運用，較為出色。後三例反思抽象世界（「人生」、「愛情」、「輪迴」），可惜第五例中的「寂寞」、「歡樂」，第六例中的「今生」、「來世」，沒有掌握隱地原詩特色，略遜一籌。反觀第七例的第一句和隱地原作相同，變通力明顯不足，可再求變化（如將「世界」改成「人類」）。至於第八例，強調天助自助，有「希望」，便能告別失敗陰影；沉陷「絕望」，將無法爬上幸福的岸邊。在回文之餘，兼及「望」的類字重出，增添後兩句的音樂性，展現仿寫的精進力，相當可喜。

第三節　綜合運用

修辭的重點，不在於「辭格分類學」的知識、分析，而在於「語文美感興發」的綜合、應用。因此，藉由修辭的會通，經由「改寫」、「仿寫」能力的激活，正可以培養語文表達的技藝與藝術，展現與前賢高手「同中有異」、「異中有同」的流變書寫。

以「通到理想的大路，是用一塊一塊的苦磚鋪成的」為例，可以是「意義繼承，語言革新」的改寫，如：

1. 在他（杜甫）筆下，再苦的事，再苦的藥，再苦的人，再苦的心，都有美的成分。……杜甫是如何用美來制服苦難的。（余秋雨〈唐朝幾男人〉）
2. 苦難猶如一張濾網，將生活中的雜質一點點過濾去，剩下的便是清澄如水。（杏林子〈看雲〉）
3. 痛苦是好事，痛苦是你的朋友，只要有痛苦，就表示你是活著。（電影《魔鬼女大兵》）
4. 只有歡樂而無痛苦，便不是人生。（海明威）[3]
5. 最優秀者能從苦難中體悟幸福。（貝多芬）[4]
6. 人們祈禱耐性，上帝給他機會學會耐性；人們祈禱勇氣，上帝給他機會學會勇氣；人們祈禱相互扶持，上帝給他機會學會相互扶持。（電影《王牌天神2》）

3　譯文見張春榮、顏荷郁：《中外名人智慧語》（臺北市：爾雅出版社，2015年），頁168。

4　同上，頁135。

第一例剖析杜甫的詩，以苦難為美。第二例藉譬喻說明苦難在於淬鍊人的品質。第三例是轉化中的擬人描述，對痛苦採取親切、接受的正面態度。第四例強調苦難之必要，是轉化中的擬物。第五例是反襯的體會，正所謂「苦難是化妝的祝福」，傷口是來日的勳章。第六例在排比中，剖析苦難的真諦，是要「學會耐性」、「學會勇氣」、「學會相互扶持」，以艱難當餅，以困苦當水，以理想當破曉時分的陽光，體驗「味美汁又多」的人生。凡此，正見書寫的多樣化與豐富性。若將原句改成「天下無難事，只怕有心人」、「含淚播種，必歡笑收割」、「吃苦吃到底，必能完成理想」，化語言的新感性為慣性，則未見語言革新的興發，屬於同義手段的負偏離。

反觀「語言繼承，意義革新」的仿寫，在立意取材上，各有會心，各有相似性的領略。如：

1. 通到來世的正果，是用一朵一朵今生的善行開成的。
2. 通到靈魂的黑洞，是用一個一個的謊言鑿出的。
3. 通到帝王的寶座，是用一根一根的白骨堆成的。
4. 通到成功的金字塔，是用一階一階的堅持搭成的。
5. 通往幸福的家園，是用一點一滴的珍惜匯集的。
6. 通往偏見的高塔，是用一磚一瓦的傲慢蓋成的。
7. 通往福田的蓮花，是用一瓣一瓣的慈悲開出的。
8. 通往愛心的清流，是用一袋一袋資源回收變成的。
9. 通往愛情的天堂，是用一根一根忠貞的火柴照亮的。（筆者）

九例均為類比情境的變通。藉由「苦磚」、「理想的大路」的因果認知、條件認知，類比「今生的善行」和「來世的正果」、「謊言」和「靈魂的黑洞」、「白骨」和「帝王的寶座」、「堅持」和「成功的金字塔」、「珍惜」和「幸福的家園」、「傲慢」和「偏見的高塔」、「慈悲」

和「福田蓮花」、「資源回收」和「愛心的清流」、「忠貞的火柴」和「愛情的天堂」的相似性。似此句法的練習（「判斷句」）、辭格的仿寫（「轉化」），並非語句的修飾而已，而是新題材新思維，展現「認知」的創造力。

復以「樹和樹的藍色音樂，只由寂靜來演奏」為例，亦可多樣改寫，如：

1. 綠樹是入定的僧者，向藍色天空尋求寧靜。
2. 藍天是浩瀚大海，每棵樹都希望變成一葉扁舟，靜靜徜徉其中。
3. 寂靜，從綠蔭深處走出來。湛藍天空下，山上的靜是萬籟有聲。
4. 寂靜，自藍天悠悠白雲中輕輕飄下來，自眼前沾著陽光的綠葉間迎風細細晃出來。
5. 你和所有的樹睜開眼睛，可以聽見白雲在藍天輕敲的聲音，敲出千古悠悠的寂靜。
6. 一棵棵樹抬起頭來，向著藍天，高唱綠光之歌，那是熱鬧中的寂靜，飽滿而空靈。(筆者)

第一、二例是譬喻的感染，呈現寂靜的生動畫面。第三、四例是轉化的律動，將「寂靜」擬人，化被動為主動。第五、六例是移覺的印象，「白雲在藍天」的視覺，變成「輕敲」的「千古悠悠的寂靜」的聽覺；「一棵棵樹抬起頭來，向著藍天」的視覺，變成「高唱綠光之歌」的聽覺，正是感官經驗挪移的筆法，又稱「通感」。凡此，均介入不同修辭技法，開拓語言的新感性。若將原句改成「樹和樹之間，只有寂靜的藍天」、「寂靜的藍天下，有一片寂靜的樹林」、「藍天綠樹下，萬籟俱寂」，顯然喪失原句的活力，化動態為靜態，則為改寫的低表現，同義手段的負偏離。

反觀改變情境的仿寫，可以藉由語感的鮮活生動，召喚不同意義的探究，如：

1. 孤島與孤島間的寂寞，只由浪花來拍打。
2. 沙漠與絲路間的熱鬧，只由綠洲來妝點。
3. 搖籃與墳墓間的距離，只由時間來丈量。
4. 潮汐與沙灘間的演奏，只由海風來指揮。
5. 風箏與天空間的拔河，只由一條線來分輸贏。
6. 現實與理想間的傷口，只由失望來包紮。
7. 文本與文本間的競技，只由創造力來挑戰。（秋實）

藍天下樹和樹的關係，可以變成不同範疇的情境類比，於是自「寂寞」（第一例）、「熱鬧」（第二例）、「距離」（第三例）、「演奏」（第四例）、「拔河」（第五例）、「傷口」（第六例）、「競技」（第七例）不同關係的探索，得出不同的連結：「浪花」（第一例）、「綠洲」（第二例）、「時間」（第三例）、「海風」（第四例）、「一條線」（第五例）、「失望」（第六例）、「創造力」（第七例），展現仿寫的創造力，在具體和具體之間變通，具體與抽象之間精進，在意象與意象之間獨創，發揮「舊瓶裝新酒」的再造魅力。

當然，由句而篇的改寫與仿寫，難度更高，貴於整體的把握。以文類改寫為例，古典詩改寫為現代散文，絕非詩句的翻譯，而是詩意的融會貫通，鮮活書寫的深刻表達。如孟浩然〈春曉〉：「春眠不覺曉，處處聞啼鳥；夜來風雨聲，花落知多少。」可以改寫如下：

1. 啊！好一場無痕的春夢呀！醒在明媚的春光和悅耳動聽的啼音裡。我真有迷迷糊糊，弄不清楚自己身在何處。還以為仍在黑甜甜的夢鄉裡呢！誰知道眼一睜，亮麗的天光便撒在我的臉上，一串串滴溜溜的鳥啼便自四面八方湧了進來，高高低低訴說著：「已經不早了！不早嘍！」此際，我方才整個會意過來。嗯。睡得好過癮。

翻個身起來，突然想起昨夜夢裡，聽到風雨的聲音，不知花兒會落了多少？多少花魂會告別青枝，繽紛著小園的幽徑？我不禁問起。

我不知道，不知道有多少。就像不知道有多少啼鳥在枝頭，在林梢放聲清唱，交織成一闋悠揚喜樂的新曲一樣。其實，知道也好，不知道也好，都沒什麼關係。紛紛響起的音符，和紛紛飄墜的花瓣原本就是讓人去體會，體會春晨裡太自然的情趣。想呀想的，我欣然一笑，笑向清朗的春晨。（筆者）

2. 一枕黑甜，不知東方既白。春日遲遲，能找到一張床，讓疲憊身軀重重摔下，攤成大字，瞬間沉入夢鄉，何等小確幸啊！亂世浮生，夢裡不知身是客，一晌貪歡，重回嘻嘻哈哈稻花香的童年。

鳥鳴屋更幽，能睜開眼聽見啁啾鳥鳴，啼成一道道金線，在枝葉陽光間穿成明燦燦的五線譜，悅心悅情。如果時間能停留在童年，停留在幽靜安詳的此際，該是一支支敞開懷的歡愉之歌。

深夜屋瓦上滂沱的雨腳，踢踢踏踏，猶如遠方戰爭的隱隱雷響。生非薄命不為花啊！時代的狂風吹得花謝花飛飛滿天，暴雨打得滿山滿地狼藉，時間作弄人間，沒有人能逃離時代的風雨，不沾溼幾滴。

誰能阻擋時代的風雨？誰能阻止一朵花的飄落？浮生若夢，一片花飛，風飄萬點，相逢何必曾相識，同是天涯淪落人，

> 就讓我們珍惜這共同的緣分，在錯肩的飛舞，在碰撞的飄墜，草叢中相依偎：花瓣上的點點雨珠，折射奕奕陽光，是我們此生含淚的微笑。（筆者）

兩篇相較，就組織結構而言，第二篇依原詩四句，改寫四段，脈絡較為清晰；就立意而言，第一篇以「欣然一笑」收尾點題，第二篇以「含淚的微笑」總結，無疑多了「含淚」的複雜感受。就遣詞造句而言，第一篇中「林梢放聲清唱，交織成一闋悠揚喜樂的新曲」，以聽覺寫聽覺；反觀第二篇「啁啾鳥鳴，啼成一道道金線」，用視覺寫聽覺，是移覺手法，較為勝出；再加上古典詩文的引用，如「不知東方之既白」、「夢裡不知身是客」等，第二篇更顯典雅趣味。至於相同文類的仿寫，如林亨泰新詩〈風景〉（之二）：

> 防風林　的
> 外邊　還有
> 防風林　的
> 外邊　還有
> 防風林　的
> 外邊　還有
>
> 然而海　以及波的羅列
> 然而海　以及波的羅列

張默、孟樊仿寫如下：

1 木麻黃　的
彼端　依然
木麻黃　的
彼端　依然
木麻黃　的
彼端　依然

可是阡　還有陌的眺望
可是阡　還有陌的眺望（張默）

2 林亨泰　的
外邊　還有
林亨泰　的
外邊　還有
林亨泰　的
外邊　還有

然而詩人　以及詩歌的迴響
然而詩人　以及詩歌的迴響（孟樊）

兩首仿寫，均為合格之作。張默採原作空間並列方式，自農田與木麻黃上立意；而孟樊自前輩對後輩的影響上著眼，化原作空間並列為仿作的時間先後，別具巧思會心。其次，站在朗讀時聽眾的角度而言，「阡陌」是衍聲複雜，不宜拆開使用，聽者乍聞「阡」、「還有陌的眺望」，語意不完整，很難理解。是看原作「海」、「波」是合義複雜，兩個字可以獨立使用，凡此細節，則在仿寫時細微處，宜多加揣摩。

第四節　結語

綜上所述，修辭的會通有三：一、修辭美學的會通；二、修辭系統的會通；三、修辭創造力的會通。

一　修辭美學的會通

不管在「無中生有」的原創性或「有中生有」的再造性，修辭講究「形、音、義」的物質性，注重「形文、聲文、情文」的綜合美感；開拓「意象、韻律、意義」三位一體的語言藝術，技藝俱進，邁向生命境界「感知、感染、感悟」的探索。

以「錢」的書寫為例，在「意象」上，可以自字形（析字）、聯想（譬喻）加以發揮。如：

1. 錢字旁，上著一戈，下著一戈，真殺人之物，而人不悟也。然則，兩戈爭貝，豈非賤乎？（《先正語》）
2. 錢有兩戈，善用者生機，不善用者殺機。（筆者）
3. 金錢如同伏特加，會把人變成怪物。（契訶夫）[5]
4. 財富如同海水，越喝越渴。（Schopenhauer）
5. 金錢像肥料，堆久了會發臭，要散布才能發揮功效。（西諺）

同時，在「韻律」上，可以自押韻、同音、音近（雙關）、重出（類疊）上加以引申。如：

1. 金之小者曰錢，貝之小者曰賤。（沈括《夢溪筆談》）

5　同註3，頁157。

2. 錢者箝也，一輩子被錢箝住，就變成錢奴。

3. 有錢叫老公，沒錢叫阿公。

4. No money, no honey.

5. 金錢並非萬能，沒有錢卻萬萬不能。

6. 錢也空呀，名也空，轉眼荒郊土一封。(〈空空歌〉)

7. 錢幣！錢幣！不要為錢而斃命。

8. 嗡嘛呢叭咪吽（Om! Money pays me home.）

同時，在「意義」上，可自譬喻、轉化、借代、反諷、映襯、藏詞（歇後語）的認知，加以剖析說理。如：

1. 錢能通神。

2. Money is the key that opens all doors.

3. 錢兒子最孝順。

4. 維他命 M 最營養。

5. 有錢走遍天下，無錢寸步難行。(諺語)

6. 把孫中山丟到他前面，他就倒了。(網路)

7. 我不把錢看成錢，都把錢看成命。(網路)

8. 錢是人之膽，財是富之苗。(元曲)

9. 黃金無足色，白璧有微瑕。(戴復古〈寄興〉)

10. 把鳥翼繫上黃金，鳥再也不能在天空飛翔。(泰戈爾)

11. 人是英雄錢是膽，腰中無錢是病人。(俗諺)

12. 趙孫李——欠錢。(客家諺語)

如此一來，修辭美學將是充滿活力的語言建構，語言美感興發的一再更新，一再創造，挑戰「形音義」俱美的飽滿與內蘊，形塑「意在言內」、「意在言外」的機智妙語。

二　辭格系統的會通

以「譬喻」(A、B)為中心的想像系統(包括「移覺」、「轉化」、「誇飾」、「象徵」等),與以「映襯」(A、－A)的思維系統(包括「對偶」、「排比」、「示現」、「反諷」等),可以相互變身、轉換。

以「譬喻」為中心的想像系統,由譬喻至移覺、轉化、誇飾、象徵,正是由定向、定質,由局部至全體的延伸開展。同樣,以「映襯」為中心的思維系統,由映襯至對偶、排比、示現、反諷,則是由定向、定量,由局部至全體的比較推論。

大抵以「譬喻」為中心的想像系統,同中求異,力求統一中有變化,展開創造性的書寫;以「映襯」為中心的思維系統,同中求異,力求變化中須統一,展開批判性的書寫。兩者除了可以相互變身、轉換外,更是剛柔相濟,合則雙美;可以有形象的感染力,更有見識的穿透力。以「真理」為例,只運用想像系統,如譬喻、轉化、誇飾等,可以寫出以下諺語:

1. 真理是智慧的太陽。(沃書納戈)
2. 人需要真理,就像莊稼要陽光、雨露,才能生長、開花、結果一樣。(蘇聯諺語)
3. 錯誤住在真理的隔壁,因此常使我們上當。(泰戈爾《漂鳥集》)
4. 真理的面目善良,但衣衫襤褸。(蒙古諺語)
5. 真理可以把石頭劈開。(阿富汗諺語)

但結合思維系統,介入映襯、排比,將更見精采,更見深刻。如:

5. 鹽是鹹的,但對菜餚不可少;真理是苦的,但對未來不可少。(蒙古諺語)

6. 謬誤用一條腿站立，真理用兩條腿走路。（阿拉伯諺語）
7. 錯誤與真理是孿生兄弟，正如慾望是人性的發條，感情是智慧的扳機，煩惱是菩提的開關。（林清玄《清涼菩提》）
8. 真理最大的摯友是時間，最大的敵人是偏見，永恆的伴侶是謙遜。（寇騰）

相對於前四例，五至八例有了更細膩的分析（第五例）、更鮮明的比較（第六例）、更多樣的演繹（第七例）、更多層次的觀照（第八例）。

三　創造力的會通

文本互涉的創造力，可自同義手段與仿擬加以把握。前者聚焦「意義繼承，語言革新」，為「改寫」本領重點所在；後者聚焦「語言繼承，意義革新」，為「仿寫」本領重點所在。

至於「改寫」、「仿寫」的創造力，可與認知「五力」（敏覺力、變通力、流暢力、精進力、獨創力）相結合，檢視作者在「改寫」、「仿寫」的書寫特色，同時亦可檢視莘莘學子在習作上的創意指標（可參第五章）。

至於「修辭美學」、「辭格系統」、「創造力」的會通，正本清源，體用合一，無不歸結在「閱讀」與「寫作」的結合上。由閱讀至寫作，是「輸入」至「輸出」的生產流程，所謂「觀千劍而後識器」，「蠶要吃桑葉才能吐絲」，有本有源，厚積薄發，才能源源不絕，馳騁在語文運動場上。因此，用閱讀帶動寫作，如何「看多、做多、商量多」，不斷觀摩相善，積學儲寶，取精用宏，永遠是攀登寫作高峰的必然路徑。

同理以推，運用在修辭寫作上，多瀏覽各篇佳作，多賞玩錦心繡口的精采書寫，多凝視「字字珠璣」、「句句風雷」、「一語動人心」的竅門所在，無疑是修辭寫作的康莊大道。對初學者而言，其中最具體落實的練習方式，無疑為「仿寫」。藉由別人的「用語極淺，用意極深」的佳作，鍛鍊自己的借力使力，神明變化；藉著站在別人「文質彬彬」的肩膀，可能眺望自己「有感而發」、「情有獨鍾」的風景；藉著別人「厚重文本」的激活、召喚，可以邁向「青藍冰水」的優質書寫；當是練習中「物超所值」、「一本萬利」的文學饗宴。

張春榮著《作文新饗宴》（臺北市：萬卷樓）

修辭教學

修辭是「語文智能」(「修辭方面的能力」、「記憶方面的能力」、「解釋方面的能力」) 之一，寫作中描寫能力的具體實踐；與「立意」、「運用詞彙」、「構詞與組句」、「取材」、「運材與布局」、「選擇文體」、「確立風格」交織形塑成語文的「特殊能力」。

國內修辭教學簡介，最早見於顏藹珠、張春榮《英語修辭學》（一）第八章「英語修辭教學活動舉隅」，計有八項。[1]

其中諸多英語教學活動，由修辭至創作，由句而篇，足供中文修辭教學參考，對筆者日後教學，啟發良多，多所助益。

大抵修辭教學，注重右腦，「形象思維」的表達力，力求精確生動，優美創新，為寫作中評定的項目之一。朱作仁即指出「小學作文評定標準」，「修辭」分值為十二。

項目	分值	評定標準
10.修辭（能用常用的修辭方法。）	12	能正確運用以下一種方法者給4分，能用三種以上者給12分；某種方法基本能運用（有時用得不甚恰當）給2分。 1. 譬喻 2. 比擬 3. 排比 4. 誇張 5. 對偶 6. 對比

（朱作仁主編《語文測驗原理與實施法》，上海市：上海教育出版社，1991年初版）

---

1 八項：一、選擇題練習。二、填空題練習。三、說明修辭技巧。四、提供修辭範例。五、改寫練習。六、翻譯練習。七、造句練習。八、寫作練習，有三種：(A) 段落練習。(B) 引導寫作。(C) 自由創作。見顏藹珠、張春榮：《英語修辭學》（一）（臺北市：文鶴出版社，2002年），頁280-333。

由是觀之，「中學作文評定標準」中「修辭」一項的評分比，可依國中、高中階段語文能力指標，有所略增。

據教育部所頒布「寫作的指標系統」中「修辭」的「表現標準」如下：

表現標準			
小四	小六	國三	高三
3. 寫出完整的句子。	5. 有效運用常見的修辭技巧，如：譬喻、擬人、疊字詞等。	7. 有效運用各種修辭技巧。	9. 靈活運用各種修辭技巧。

（歐陽教等《我國中小學國語文基本學力指標系統規劃研究》精簡版，臺北：教育部，2001年初版）

逮及九年一貫課程綱要「修辭」三階段「能力指標」，分別為：

F1-1-2-2 能在口述作文或筆述作文中，培養豐富的想像力。 F1-8-2-1 能分辨並欣賞文章中的修辭技巧。	F2-8-2-1 能理解簡單的修辭技巧，並練習應用在實際寫作。 F2-10-2-1 能在寫作中，發揮豐富的想像力。	F3-7-2-1 能養成反覆推敲的習慣，使自己的作品更加完美，更具特色。 F3-7-2-2 能靈活地運用修辭技巧，讓作品更加精緻優美。

（《國民中小學九年一貫課程綱要語文學習領域》，臺北：教育部，2003）[2]

可見修辭是「欣賞、表現與創新」的寫作能力。如何於「分辨」、「欣賞」、「理解」之餘，進而「練習應用」、「有效應用」、「靈活運用」，當是修辭的明確進徑。始於語文的工具性的正確，次於文學

2　林于弘教授指出此三階段的四碼，並未有相關延展，對照呼應，有必要再調整。

性的感染，終於文化性的感悟；在在展現思維力與想像力結合的豐沛創思能量。

第一節　設計理念

以語文智能為主的讀寫教學，大抵進路有三：一、以教師為主導；二、以學生為主體；三、以設計為主線。

就教師層面，旨在藉由教學與設計，確立語文知識，培養能力（一般能力、特殊能力），激發創思（創造力），形塑素質，建構創造人格。

就學生層面，覺察小學（低、中、高）、國中、高中、大學等，不同階段的認知心理，依據各階段能力（思維力、觀察力、記憶力、想像力）指標，開拓莘莘學子創思的認知（敏覺力、變通力、流暢力、精進力、獨創力）與情意（好奇心、冒險心、挑戰心、想像心）。

就設計層面，自莘莘學子認知心理學與能力指標出發，結合新（限制）式題型，形成「單一能力」的編序設計與「綜合運用」的多元設計。

職是之故，就修辭而言，教學模式依序有三：

第一，教師宜掌握常用、重要辭格（陳述性知識，語文信息）。

第二，深知單一辭格運用要點，綜合運用的類別（程序性知識，語文技能）。

第三，建立評判辭格運用優劣之標準（條件性知識，認知策略）。

至於教學設計，常見的取徑有三：

第一，辭格與新（限制）題型相結合。有辭格的「仿寫」、「續寫」、「擴寫」、「改寫」、「縮寫」等。

第二，辭格與創思認知相結合。以譬喻為例，即有攸關「譬喻的敏覺力」、「譬喻的變通力」、「譬喻的流暢力」、「譬喻的精進力」等不同之設計。

第三，辭格與創思策略相結合。以「曼陀羅思考法」為例，即可藉由九宮格的學習單，訓練莘莘學子「博喻」、「排比」等辭格的豐富書寫。似此創思「策略」，又稱「提升創造力與問題解決的思考技法」[3]。

至於本篇題型設計，則鎖定「強迫組合法」（又稱「強制關連法」、「強迫結合法」），從看似沒有關係中，找出新關係；藉以激發創意、檢視莘莘學子的造句藝術，一窺「既限制又自由」的修辭能力。

第二節 教學實施

「強迫組合法」的教學實施，可自實施要點、引導語二端切入。

一 實施要點

「強迫組合法」是將兩個不相關的語詞強迫結合，自由造句。比單一詞語的「自由聯想法」更具有難度，更具挑戰性。

「強迫組合法」貴於自貌似毫無關係中，找出新的關係；在看似不搭的語詞中，發展出新的連結。因此，如何化遠距為近鄰，化偶然結合為必然情理，化應然、被動為實然、主動，正是創思關鍵所在。

兩個不相關語詞的組合連線，有兩種模式：第一，直接聯想，一氣流轉，白描敘述，不介入修辭技巧；第二，打破慣性，變換視角，介入修辭技巧，發揮想像力與思維力，形成特殊超常的表達。[4]

---

3 張世彗：《創作力——理論、技術技法與培育》（臺北市：五南圖書出版公司，2003年）。

4 此亦「創意造句的擂台」，可參考筆者：《文學創作的途徑》（臺北市：爾雅出版社，2003年），頁17-41。

二　引導語

兩個不相關語詞的造句，可以採縱向思維與橫向思維：

（一）縱向思維：歷時性

注重「時間」先後流程，講究兩者間「因果」關係，展現分析、演繹、衍生的抽象思維與形象思維。

（二）橫向思維：共時性

注重「空間」並列關係，講究互補「映襯」關係，呈現比較、歸納、多樣的抽象思維與形象思維。

第三節　實作分析

題目一

運用「樹葉」、「盤子」造句，五十字以內。兩個語詞，次序不拘，必須用引號標示。以能結合修辭技巧者為佳。如：

> 「樹葉」盛載著朝露的溫潤，「盤子」裝盛著母親愛心的佳餚，日復一日。（鄭又寧）

（一）實作

1. 自樹梢落下，便註定回歸土壤，滋潤大樹；「盤子」自廠商處出品，便註定回不到初始處，好壞皆由己。
2. 兒女如飄零的「樹葉」，隨著風的吹拂，不知何處是歸途；父母如

餐桌上的「盤子」，盛裝一道道的佳餚，卻等不到兒女的品嚐。（一、二例陳芳莉）

3. 眼前的「盤子」呼喚我巨大飢餓；抬頭望月時映入眼簾的「樹葉」，呼喚我這遊子的思鄉情懷。
4. 榕樹的「樹葉」是可以任意彎曲對折神奇的小「盤子」。（三、四例楊于儂）
5. 秋天來了，火紅的楓葉帶來了陣陣秋意，「樹葉」被徐徐的涼風吹得一片片落下，輕然飄落在野餐的「盤子」上。
6. 爸爸媽媽又吵架了，我就像一棵沉睡又弱小的黃金葛，小小的「樹葉」已被爸媽丟的滿天飛的「盤子」砸得疼痛不已。（五、六例均陳蕾玲）
7. 紅花雖美，也要有「樹葉」陪襯；佳餚再美味，也要有美麗的「盤子」才更令人享受；不要小看自己，就算是一顆小小的螺絲釘也是有大大的用處。
8. 「樹葉」的離開是風的追求或是樹的不挽留。「盤子」的破碎是你的故意還是我的心意？（七、八例均吳岱容）
9. 雪地裡，飄落的「樹葉」輕輕地點綴大地逐漸染成銀白色的「盤子」。（鄧筱君）
10. 大地是慈祥的媽媽，包容「樹葉」的親吻、「盤子」的重擊。（陳靜雯）
11. 枯黃的「樹葉」落在金碧輝煌的「盤子」上，更顯出它的悲涼。（沈盈吟）
12. 狂風吹過，老榕樹的「樹葉」如同打破的「盤子」，灑滿一地。（許肇淩）
13. 「樹葉」上的晨露是昆蟲的甘泉，「盤子」裡的提拉米蘇是姊姊的佳餚。（陳怡安）
14. 「樹葉」是森林的「盤子」，用來承載清晨珍貴的露水。（林玟君）

15.熱帶雨林中驟然下起大雨，「盤子」般大的「樹葉」底下就成了小動物最好的躲雨處。（蔡蕙如）
16.多采多姿的「樹葉」之於森林，如同琳瑯滿目的「盤子」之於廚房。
17.對印度人而言，碩大的芭蕉「樹葉」，是家族天然的公用「盤子」。（十六、十七例謝毓薇）
18.小妹妹辦家家酒的時候，總愛拿「樹葉」當「盤子」盛裝食物。
19.潔白的「盤子」彩繪著綠色的「樹葉」，襯托著食物更加可口。
20.辦家家酒時，「樹葉」是「盤子」，樹枝是筷子，我則是位賢慧的媽媽。
21.各式各樣的「樹葉」是最渾然天成的「盤子」，承接著大自然的風霜雨露。（二十、二十一例陳桂菊）

（二）簡析

1. 這是「強迫組合」的創意造句，旨在化不相干為相干，在相對的距離中尋找相關的線索，形成「相對的統一」。
2. 就歷時性而言，抓住兩者的相互關係，單句描述，一氣流轉。如第六、九、十二、十三、十四、十六、十七例。往往介入譬喻，開展想像，活化思維。
3. 就共時性而言，運用平行並列關係，偶句描述，雙管齊下。如第一、二、七、十三、二十例，均在映襯（「對襯」）描述之際，結合譬喻（借喻、略喻）、轉化（擬人）、設問等技巧，共創語言的音義之美。
4. 以上均九三級語創系學生習作。題目二、三亦然。

題目二

運用「垃圾」、「鑽石」造句，五十字以內。兩個語詞，次序不拘，必須用引號標出。以能結合修辭技巧者為佳。如：

美麗的謊言是「垃圾」，殘酷的真誠是「鑽石」。
（陳靜雯）

（一）實作

1. 「鑽石」瞧不起「垃圾」的價值，「垃圾」看不見「鑽石」的實用。
2. 懂知足的人，「垃圾」都可以當成「鑽石」；愛抱怨的人，即使是「鑽石」也當成「垃圾」看。（一至三例均楊文鳳）
3. 變質的承諾相當於負心漢手中的「鑽石」，永恆的「垃圾」！
4. 窮人不懂何謂「垃圾」；富人只懂何謂「鑽石」。
5. 勤於賺食的生活，如「鑽石」般珍貴；耽於樂色的日子，如「垃圾」般污穢不堪。（三至五例均楊于儂）
6. 縱然他「鑽石」般的頭銜羨煞不少人，但他「垃圾」般的行徑卻是令人不恥。
7. 「鑽石」是上天賜予的天然礦物，「垃圾」是人們製造的自然產物。
8. 「垃圾」可以回收利用，「鑽石」卻只能欣賞珍藏。我寧作有用的「垃圾」，也不為無用的「鑽石」。（八至十例　李凱平）
9. 「鑽石」般的恆久難尋，「垃圾」般的腐朽易見。
10. 智慧是用「垃圾」創造出「鑽石」般的價值；愚昧是誤認「鑽石」般的價值為「垃圾」。（九、十例　謝玉祺）
11. 資源回收就像在「垃圾」堆中找到的「鑽石」。
12. 愛情是傷心人避之唯恐不及的「垃圾」，也是有情人眼中的「鑽石」。
13. 他原本是「垃圾」的清潔工人，但在網路的包裝之下，成為了炙手可熱的「鑽石」王老五。
14. 什麼是「鑽石」？什麼是「垃圾」？皆由人心決定價值。（十一至

十四例鄭又寧）

15.「垃圾」是沒電的小燈泡，「鑽石」是通了電的霓虹燈。

16.世界末日發生時，「鑽石」不過是一個沒用的「垃圾」。（十五、十六區宏光）

17.拾荒者在「垃圾」堆中發現了許多「鑽石」，但他仍將「鑽石」交給了警方，繼續過著拾荒的生活。

18.如果她外表是「鑽石」，內心卻像「垃圾」，你還會喜歡她嗎？（十七、十八例郭俊尉）

19.「垃圾」之所以是「垃圾」，是因為太少人要；「鑽石」之所以是「鑽石」，是因為太多人要。（古嘉琦）

20.當人的生活失去品質時，「鑽石」就像「垃圾」一樣毫無價值。（楊巧敏）

21.對於處在孤島的人來說，一袋「垃圾」和一顆3克拉的「鑽石」之間沒有差別。（林坤賢）

22.你送我的「鑽石」項鍊，若沒有愛，只不過是「垃圾」而已。（許菁芳）

23.大家隨手丟棄的「垃圾」，是拾荒老人眼中珍貴的「鑽石」。（何毓瑜）

24.經過億年的屍體都能變成昂貴的石油，誰能保證現代社會的「垃圾」在未來不會被當成「鑽石」一樣寶貝？（陳劼謚）

25.興蓋一座「垃圾」場，大家避之唯恐不及，群起抗議；說到抽獎摸彩送「鑽石」，大家則又趨之若鶩，唯恐錯失良機。這樣只求收穫不求付出的社會矛盾現象，該由誰來負責呢？（葉金鷹）

26.童年時的斑駁玻璃球，是現代孩子們不值一顧的無用「垃圾」，卻是老一輩們心中無價的「鑽石」。（馬浩翔）

27.一望無際的沙漠裡，他握著那袋 A＋級的「鑽石」，頓覺那是一袋金光閃閃的「垃圾」。（洪文傑）

28.對於一般人而言，髒亂的「垃圾」是「只能遠觀，不『敢』褻玩焉」，光彩奪目的大「鑽石」是「雖能近望，卻不『能』褻玩焉」。（蔡蕙如）
29.星星是窮人的「鑽石」，奢華是富人的「垃圾」。
30.政客是藏污納垢的「垃圾」，政治家是國家長治久安的「鑽石」。（二十九、三十例筆者）

（二）簡析

1. 直接白描，接近聯想，語明意豁，最容易入手。如第十四、十六、二十例。
2. 運用修辭，以九年一貫修辭序列觀之，由於用兩個語詞造句，修辭技法多為：譬喻（第一、四、六、八、十、十一、十二、二十一、二十三、三十四、三十五例），轉化（擬人）（第二例），誇飾（第十三例）、類疊（第二十三例），映襯（「對襯」）（第一、三、五、六、九、十一、十二、十八、二十二、二十六、二十七、三十、三十三、三十四、三十五例），映襯之「雙襯」（第四、十五例），映襯之「反襯」（第十九、二十一、二十四、三十一例）、回文（第二、三、十二例）、設問（第十七、二十九例）。
3. 一般往往忽略雙關、排比、層遞、頂真、轉品等技巧。

題目三

運用「光明」、「黑暗」造句，五十字以內。兩個詞語，次序不拘，必須用引號標出。以能結合修辭技巧者為佳，如：

> 眼盲而心不盲的人，即使在「黑暗」中也能看到「光明」；眼不盲而心盲的人，即使在「光明」中也只看到「黑暗」。（吳佳蓉）

(一)實作

1.「光明」裡總潛藏著青天霹靂,「黑暗」中則埋伏著否極泰來。
2. 燈紅酒綠的揮霍之後,是「黑暗」的沉淪;胼手胝足的打拚過後,是「光明」的再現。(一至二例均李凱平)
3. 當「黑暗」從後門離開,「光明」便緊接著進來。
4. 面對困境,不能像蝙蝠一樣躲在「黑暗」的山洞中,要學習飛蛾迎向「光明」的精神;就算最後的結局是粉身碎骨,也是值得的。
5. 海倫凱勒在「黑暗」之中找出「光明」的世界。(四至六例均吳岱容)
6. 油燈燃起時便見到燈下的陰影,「光明」與「黑暗」並非對立,而是一體兩面。
7.「光明」對「黑暗」說:「你很討厭。」「黑暗」則應道:「沒有我,誰會喜歡你?」
8. 能在「光明」中看見「黑暗」的,是智者;能在「黑暗」中看見「光明」的,是仁者。(七至九例均古嘉琦)
9.「黑暗」總是比「光明」更令人看得清自己。(黃雅敏)
10.「黑暗」與「光明」的對決,是所有的故事都離不開的主題。(鄭達方)
11. 即使再微小的燭光,也能使「黑暗」的世局露出一絲「光明」的希望。(許菁芳)
12. 大千世界皆在心,一閉眼即「黑暗」,一睜眼即「光明」。(林郁珍)
13.「黑暗」與「光明」是相對而成,絕不可能單獨存在。就像人生的成功與失意總是交替而來。
14.「光明」不懂得夜的「黑暗」,就像你不懂我的哀傷。
15.「黑暗」與「光明」是共生的,就像豔陽底下就會有影子,而「黑暗」中我們仍能保有視覺。(十四至十六例　陳劼謚)

16.生命的智慧在「黑暗」之中尋找「光明」，在「光明」之中照見「黑暗」。（謝玉祺）
17.樂觀的人自「黑暗」中尋找「光明」，悲觀的人在「光明」中卻見「黑暗」。（許肇淩）
18.「黑暗」是你給我的無情枷鎖；「光明」是你給我的短暫溫存。（游慧娟）
19.「黑暗」魔法師與「光明」劍士正展開激烈的戰鬥。（蘇郁棠）
20.毛毛蟲在「黑暗」的繭裡掙扎等待，就為了累積足夠的能量，重見「光明」，振翅高飛。（何敏瑜）
21.「黑暗」對「光明」說：「有我就沒有你，我們勢不兩立！」「光明」冷然回他：「沒有我哪有你？我們共生共榮。」（洪文傑）
22.人性的「光明」與「黑暗」，就像空氣中的氧和二氧化碳，在你吸進氧氣的同時，別忘了也把心靈的二氧化碳一併吐出去。（葉金鷹）

（二）簡析

1. 就敏覺力而言，「光明」、「黑暗」兩個相對的概念，最容易自映襯切入（第一、二、十七、十八例）。
2. 就變通力而言，抽象概念可以譬喻（第十四、二十二例），也可以轉化（擬人）（第三、七、十九、二十一例）。
3. 就精進力而言，可以看出生命的真諦在於「對立的統一」、「相反相成」，展現「雙襯」、「反襯」的複雜與弔詭（第六、九、十二、十五、二十一例）。

第四節 教學省思

據布魯姆（B. S. Bloom）認知領域教育目標，可說者有三：

第一、知識、理解

就修辭格而言，宜掌握各辭格核心概念（What），化繁為簡。以譬喻為中心的想像系統，力求統一有變化，重點如下：

辭　格	重　點	功　能
譬喻	具體類比	統一中求變化
移覺	感官共通	
轉化	移情換位	
夸飾	局部變形	
借代	接近替代	
雙關	諧音相關	
象徵	整體歸納	

而以映襯（對比）為中心的思維系統，力求變化中有統一，重點如下：

辭　格	重　點	功　能
映襯	內容比較	變化中求統一
對偶	形式比較	
設問	獨白思辨	
示現	虛擬實境	
排比	多元多樣	
層遞	衍生推論	
婉曲	間接留白	
反諷	落差批判	

掌握各辭格核心概念，理解重點所在，以簡馭繁，多加印證，多加練習熟悉；由熟入巧，由巧入妙；才能變成「帶得走的能力」。

第二、應用、分析

應用、分析講究高度理解，由知其妙，而能知其所以妙（How）。

一　以譬喻為中心的想像系統

首先，就「譬喻」、「移覺」而言，洞悉「譬喻」的本領為「具體比抽象」，屬於「情景」、「事理」間的形象感染；而「移覺」的本領為「用視覺寫聽覺」、「用味覺寫聽覺」等感官經驗的共通，呈現知覺（外部、內部）的幽微變化。

其次，就「轉化」、「誇飾」而言，兩者都是「超常」的表達，往往同時兼用。但在差異上，「轉化」貴於能「發現」特殊視角，形成特殊視角的嶄新觀照；「誇誇」強調心理感受的強度，在局部變形中映射真實的躍動。

復次，就「借代」、「雙關」而言，兩者都屬「音義」上接近的聯想。而兩者的差異，「借代」的本領在於替換時的多樣變化，「雙關」的本領在於「音義」自由聯想的活潑靈動。如稱「老外」（外國人）為「阿凸」、「金髮」、「碧瞳」，是借代；稱「老外，老外，三餐總是在外」則為「上班族老是在外用餐」的雙關。

最後，就「象徵」而言，要能整體觀照，由「局部象徵」，相關組合，形成前後情境的「整體象徵」，如渡也〈永遠的蝴蝶〉（《永遠的蝴蝶》，臺北市：聯經出版事業公司，1980年）；同時要能由傳統「慣用象徵」，求新求變，賦予新的內涵，形成個人「創造象徵」，如王鼎鈞〈失樓臺〉（《碎琉璃》，臺北市：爾雅出版社，2003年）。

二　以映親為中心的思維系統

就「映襯」、「對偶」而言，兩者都是「對比」概念的運用。在差異上，「映襯」注重內容上的比較，尤其是「人物」、「情節」、「場景」上的對比，因此，多見於散文、小說、戲劇上；而「對偶」注重形式上的比較，尤其注意句子長度、聲音上的平仄相對，因此「對偶」，多見於詩詞曲韻文上。

其次，就「設問」、「示現」而言，兩者均為內在心靈獨白的顯影，展現對問題情境的探索。在差異上，「設問」涉及作者敘述策略，在引起讀者注意之餘，展開對「問題解決」的思辨。如蘇軾〈和子由澠池懷舊〉、彭端淑〈為學一首示子姪〉。至於「示現」涉及作者穿梭時空（追述、懸想、預言）的經驗，藉由情節變化的組合，展開新的凝視，提出「修正」的省思，如電影《關鍵下一秒》、《深夜加油站遇見蘇格拉底》等。

復次，就「排比」、「層遞」而言，兩者均聚焦多元、多層次的關係，衍生更寬更廣的思索。在差異上，「排比」偏重「共時性」的平行鋪陳，呈現「量的擴充」；「層遞」偏重「歷時性」的延展擴展，呈現「質的提升」。以「戒」的思考為例，指出「要戒色、戒鬥、戒貪」、「戒枕頭、戒拳頭、戒戶頭」均為排比，平行開展；若改成「戒不如節，節不如解」、「情緒不如情感，情感不如情操」則為層遞，層次推論。

最後，就「婉曲」、「反諷」而言，兩者均強調話中有話，意在言外。在差異上，「婉曲」注重「間接」敘述，留下空白，發揮「暗示」的藝術；而「反諷」的「言解反諷」（「倒辭」）注重「言與意反」的敘述，「情境反諷」注重「改善」、「惡化」的情節安排，發揮「轉折變化」的藝術。

第三　綜合、評鑑

綜合、評鑑，檢視辭寫作的整體表現。其中包括「立意取材」、「結構組織」、「遣詞造句」，以培養莘莘學子的創造性書寫為指導原則。

職是之故，第二階段、第三階段中所要求的「練習運用」、「有效運用」、「靈活運用」，旨在發揮形象思維，激發豐沛的創思，此即創思認知中「變通力」（flexibility）、「流暢力」（fluency）、「精進力」（elaboration）、「獨創力」（originality）[5]，分述如下：

一　變通力

以一種不同的新方法去看一個問題。就遣詞造句而言，即為辭格的運用。其中包括：

(一) 一個意思可以用一個辭格來改寫

此即「原型」、「變更」的應用，展現辭格的會通，靈活變化，極態盡妍。

(二) 一種辭格可以換另一種辭格來改寫

如將譬喻改寫成「轉化」，將「譬喻」改寫成「移覺」（通感）等。

二　流暢力

以好幾種方法去解決一個問題，正是「量的擴充」。就修辭而言，即辭格的運用。其中包括：

(一) 一題多解，形成鋪陳

如接二連三的使用「譬喻」（就術語而言，即「博喻」），或接二連三的使用「轉化」（分人性化、物性化、形象化三種）等。

(二) 一題多變，形成多樣性

就單一辭格而言，以譬喻為例，能同時運用不同的譬喻類型（「明喻」、「暗喻」「略喻」、「借喻」）。就綜合運用而言，一個

5　陳龍安：《創造思考教學的理論與實際》（臺北市：心理出版社，1988年），頁19-22。

意旨可以運用好幾種辭格來多方描寫；此則為朱作仁「修辭」的評定標準。

三　精進力

以精益求精的方法將問題解決得更完善，正是「質的提升」。就修辭而言，即辭格運用的進階。其中包括：

(一) 辭格本身的「細緻性」

以轉化為例，「轉化」可分三類，其中「形象化」較「人性化」、「物性化」（黃慶萱《修辭學》，臺北市：三民書局，2002年），出入抽象、具體之間，難度較高，更為精進。其次，寓言中的「轉化」造境，寓意說理，較純粹的轉化，又更為精進。

(二) 辭格間的協調性

如善用雙關、倒辭（反諷）、誇飾、仿擬（戲仿），相互搭配，形成突梯滑稽、解頤會心的幽默。則由局部精進，至整體（段落篇章）之精進。

四　獨創力

以獨特新穎的視角，想出別人沒想到（想不來）的解決方式。就修辭而言，即能「言人所未言」、「寫人所未寫」，展現超常優異的認知思維與特殊表達。其中包括：

(一) 認知思維的深刻性

善於不落俗套、不人云亦云，形成衍生性思考或逆向性思考。

如：男人做家事，要從「怕麻煩」，到「不怕麻煩」。

可以進一步發展成：

> 男人做家事，要從「怕麻煩」，到「不怕麻煩」，再到「不麻煩」。（筆者）

化被動閃躲為接受，由接受再至樂在其中，形成三部曲。又如：

> 三個臭皮匠，勝過一個諸葛亮。

可以逆向衍申：

> 一個臭皮匠，沒有好鞋樣；兩個臭皮匠可以好商量；三個臭皮匠，勝過一個諸葛亮。

將團結力量大的「層遞」，有了更清晰的呈現。凡此，均為文本互涉中「相對」的獨創力。

(二) 特殊表達的新穎性

即善於打破常軌，獨樹一幟。以譬喻為例，一般多為「具體」比「抽象」。反之，若能用「抽象」比「具體」，如：「鐵絲網是一種帶刺的鄉愁」(余光中〈忘川〉)、「晶瑩的露珠是一顆顆飽實的夢」(陳義芝〈上學〉)，則為表達方式上個人「相對」的獨創力。

綜上所述，可見修辭的能力指標，奠基於各階段莘莘學子的「詞彙學」、「語法學」、始於遣詞造句的正確性，發皇於陶倫思（E. P. Torrance）所謂「變通力」、「流暢力」，終於其「精進力」、「獨創力」，形成修辭「創造力」，評定指標序列，當為可行之道，值得再加檢測研發。

至於在「立意取材」、「結構組織」，亦為修辭寫作的教學重點。可依「創造力」指標序列，打通「字句修辭」與「篇章修辭」的任督二脈，長期定量定質的設計研發，召喚教師本身的創造力；讓語文教學更見系統，在「有想法，有方法，有辦法」的教學中，充分發揮「薰染、引導、內化、激活」的功效。

張春榮著《文學創作的途徑》（臺北市：爾雅）

顏藹珠、張春榮編著《英語修辭學》（一）（臺北市：文鶴）

張春榮著《作文教學風向球》（臺北市：萬卷樓）

結語

實用修辭的重點，旨在掌握修辭的「認知論」和「表現論」，在形文上，以譬喻、轉化為重點，在聲文上，以類疊、雙關為主；在情文上，以映襯（對比）、反諷為核心。形文、聲文是語文美感的興發，情文是生命境界的探索；三者加乘，展現鮮活的感染力與穿透力。

第一、開發語言的新感性

藉由比較，最能看出修辭中「轉換」、「妙用」的眉角所在。如：

1.（1）三好加一好，死好。
（2）三好加一好，夕鶴。

2.（1）輕鬆沒事。
（2）青松梅樹。

3.（1）爆滿白髮。
（2）爆滿梨花。

4.（1）我想要你。
（2）藕香藥泥。

5.（1）人生沒常輸。
（2）人生梅長蘇。

第一例中「四好」和「死好」是臺語雙關，但若改成「夕鶴」，則變成形文的意象，夕陽下丹頂鶴的飛舞，更給人「夕陽無限好，可惜近黃昏」的美麗與哀愁；第二例中「輕鬆」與「青松」諧音，「沒事」與「梅樹」諧音，屋主種青松、種梅樹，除了「松」、「梅」經霜彌茂的意象外，也帶出聲文上的趣味。第三例「爆滿梨花」是陳義芝詩句，與「梨花一枝春帶雨」的寓意不同。若寫成「爆滿白髮」，則變成散文。好的詩句除了有意象，還兼聲文上的效果。「花」和「髮」音近，若寫成「爆滿白菊」，聲音上則少了音近的聯想趣味。第四例，「藕香藥泥」發揮菜名的雙關趣味，另有指涉。就像電影中橋段，男主角要女主角「原諒我」，就送上「桂圓」、「酒釀」、「蓮藕」，讓女主角在享用點心之餘，會心一笑。第五例「梅長蘇」是海宴《琊琊榜》中的主角，亦即「林殊」大難不死後的另一化身。小說中梅長蘇運籌帷幄，足智多謀，最後能化險為夷，轉危為安，真的「沒常輸」。這樣的人物命名，無疑在賞析時增添聲文聯想趣味。

其次，就挹助寫作而言，修辭的功能特別在取材立意後的加工再造。由「無中生有」或「有中生有」的「寫出來」後，修辭可以開發語言的新感性，力求藝術的加工，精益求精，展現「意象」（形文）、「韻律」（聲文）、主旨（情文）的飽滿與深刻。針對「無中生有」或「有中生有」，修辭是繼而「有中求新」、「有中求好」、「有中求妙」；針對「寫出來」，修辭是再求語言藝術的「寫得好」、「寫得妙」、「寫得有趣」、「寫得有味」。

第二、掌握寫作的立意取材

論及寫作，以立意取材最重要，選擇就是判斷，組合就是創造。取材分取「一般材」、「特殊材」，立意分「一般意」、「特殊意」。能自「一般材」中寫出「特殊意」，是高手；自「特殊材」中寫出「特殊意」，是好手。前者是舊題材，新思維；後者是新題材，新思維；均能言人之所罕言，言人之所未言，跨越常識，邁向知識，進而獨抒己見，展現醒心豁目的見識。而所謂的「特殊材」、「特殊意」，則來自生活的觀察，生命的體驗；所謂「世事洞明，人情練達」，一定是走出象牙塔，深於生活，敏於觀察，別具慧眼，有所感悟，有所突破與精進。

其次，所謂「立意」的「意」，即「情」與「理」；就結合六頂思考帽而言，善用垂直思考帽中的紅色思考帽與白色思考帽，讓思想和情感相融，讓悲情由主觀走向客觀，讓主觀情緒走向客觀的情志，進而走向情操；復次，黃色思考帽與黑色思考帽宜並用，能注意一件事的利多（黃色）與弊端（黑色），正面與反面，優點與缺點。以「手機」為例，手機優點在於資訊無遠弗屆，缺點在於充斥雜訊、假新聞、假廣告；優點在於方便聯絡，缺點在於隨便私訊；優點在於生機無限，尤其在荒山野嶺通知救援，缺點在於危機四伏，平日走路見機不見人，公路上見機不見車子撞上來；如此一來，將「善用」而避免「誤用」，形塑思維的高度。同樣如「臉書」、「有錢」等，都宜自兩種相對視角加以考察，而似此表現手法，亦即修辭中的「雙襯」。

至於綠色思考帽和藍色思考帽，前者是水平思考，後者是後設思考。綠色思考帽，強調「人在框框裡，腦在框框外」的創意，能夠解構與建構（如「字形」），能夠變更成規，新發現，再發現（如《延禧攻略》以宮女為主角），能自不同組合迸發「一加一大於二」的效益（如《瑯琊榜》中梅長蘇與飛流），得以一新耳目，寫出與眾不同的立意，洞悉弔詭的真實，呈現更複雜的幽微與深刻；懷瑾握瑜，探驪得珠。反現藍色思考帽，是「思考的思考」，檢視自己在取材立意上是否合理，打動人心？在組織結構上能否「開局漂亮，中間浩蕩，結尾響亮」，一氣呵成，臻及「鳳頭、豬肚、豹尾」的藝術效果？在遣詞造句上，能否更為精準，更加生動？換言之，能看出自己作品缺失，力求完善。

第三、修辭與寫作接軌

修辭和寫作的接軌，首重文類語感的辨析、體會。以散文和詩為例，散文是「文字的最佳組合」，詩是「最佳文字的最佳組合」。因此，散文多生活語言、真實語言，詩多彎曲語言、濃縮語言。如：

1.（1）風吹皺著湖水，時間雕刻著臉。

（2）風折疊著湖水，時間折疊著臉。（洛夫）

2.（1）蟬聲向密林唧唧叫不停。

（2）蟬聲向密林畫一縷長長破折號。（陳義芝）

第一例中第一句是散文，第二句是詩。明顯可以看出詩除了將「風」、「時間」擬人之外，還藉由「折疊著」的類字重出，強化音節。第二例中第一句是散文，第二句是詩的手法。第二句用視覺的「破折號」來描寫聽覺的唧唧蟬聲，這是通感的運用，移覺的手法，是詩中常見的修辭。以散文和小說為例，散文重細節，小說重情節；散文重敘述性，小說重戲劇性。如：

1.（1）美，從不等人，轉眼就不見。

（2）「美」開了一家當鋪，專收人心，到期人拿票去贖，他已經關門。（朱湘）

2.（1）愛之適以害之。

（2）有個養鳥的人從來不用籠子。他說：「我不能用牢籠來束縛我心愛的鳥兒的自由。」他剪斷了鳥兒的翅膀。（秋實）

第一例中上例是散文，下例是小說。上例直接敘述說明，下例則呈現畫面，以寓言開展情節，形成因果關係的轉折變化。第二例亦然，上例是散文直接說明，下例是小說，藉情節開展，呈現「開高走低」、「表裡不一」的反諷，也批判養鳥人的自我欺騙，言行不一，十足恐怖的主人，變態行徑，實不足取。而由此可見，散文重敘述性，小說重戲劇化，更重視「語言的反諷」與「情節的反諷」。

大抵面對寫作「立意取材」，迄今最好的方式是多閱讀，多練習，多商量。閱讀量一定要大，觀千曲而曉聲，多吃桑葉才能吐絲；多觀摩相善，觸類旁通，眼光不同，立意也就不同；此即侯文詠所謂：「讀文學書為了更深刻的感受，更深刻體會別人的感覺」、「故事給我們更深刻的表達，學會更深刻的表達」。尤其博觀約取，取精用宏，整合變異，擴大化合，有跨越有跨界，自然有新境界。其次，多練習，只有曾寫出不好的作品，才知道怎麼寫出好作品，才會寫出優質佳作。先求「有」，再求「好」；一回生，二回熟，三回會上手，真的寫多了，力求精進，一定會寫出「得失寸心知」的精采之作。當然，寫作最容易「當局者迷，旁觀者清」。藉由「友直、友諒、友多聞」的提供意見，「諍友」、「畏友」的無隱門診，可以看清自己寫作的缺失，讓單一變得豐美，呆板變得鮮活，概念化變得栩栩如生，事中有理，景中有情，層樓更上，挑戰寫作的新高。

反觀實用修辭，始於鍊字，次於鍊句，及次鍊篇，終於鍊意；往往注重鍊字、鍊句，未及兼顧鍊篇、鍊意。就寫作而言，始於鍊意的「立意取材」，次於鍊篇的「結構組織」，終於鍊字、鍊句的「遣詞造句」，兩者接軌，自可發揮相輔相成的功能，而不再是「修辭無益於寫作」。然而不管兩者進路的異同，實用修辭與寫作，除了鍊字、鍊句、鍊篇、鍊意之外，共同終極目標是「鍊人」，說話說得漂亮，文章寫得漂亮，做人也要做得漂亮。修辭立其誠，寫作求其真，只有真才能深，只有真才能深得己心，深得人心，由「真」走向「美」，走向「善」，走向「慧」，應該是語文教學與創作的進境，薪火相傳的康莊大道。

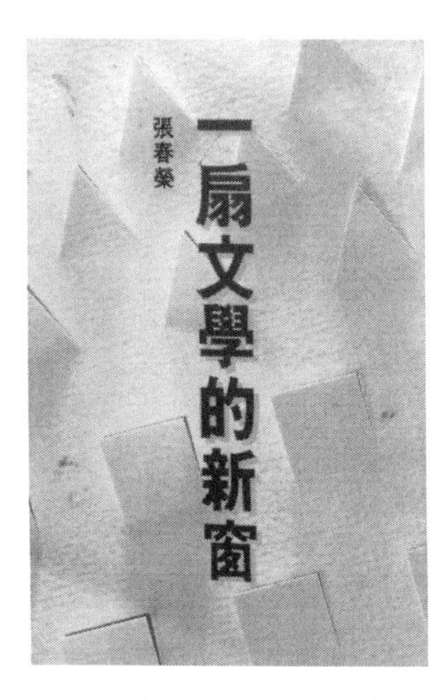

張春榮著《一扇文學的心窗》(臺北市：爾雅)

張春榮、顏藹珠編著《英美文學名著選讀》（臺北市：文鶴）

張春榮著《現代散文廣角鏡》（臺北市：爾雅）

宗廟之美
──陳滿銘《章法學綜論》

論及文學概論，自王夢鷗《文藝概論》（帕米爾，1964）迄今，計有沈謙《文學概論》（五南，2002）、張雙英《文學概論》（文史哲，2002）。反觀章法學領域，自桐城派「義法」以來，一直停留在「有想法沒方法」、「有原則無策略」的混括階段，未能宏觀統整，微觀剖析；而陳滿銘《章法學綜論》（萬卷樓，2003），開疆拓土，屋舍儼然，田疇苗風，蔚為盛景，無疑為此領域之重要著作。

質實觀之，全書包括章法學概論（第一章「前言」、第二章「章法概說」）、章法學深論（第三章「章法哲學」、第四、五章「章法結構」、第六章「章法美學」、第七章「比較章法」），攬轡總源，自成理論體系；相較其《章法學新裁》（萬卷樓，2001）、《章法學論粹》（萬卷樓，2002），視野更廣，探索更寬，剖述更深；具體實踐其「牢籠本末」的壯志，洵為其與時俱進之力作，旗幟鮮明，獵獵迎風。

綜觀全書特點有四：

第一、文學性與文化性相融

書中藉由根源性的觀點，辭章與義理的條貫，形象思維與抽象思維的綜合考察，掌握「多、二、一（0）」的結構原型；讓個別「文學性」的特殊結構，邁向共通「文化性」的普遍結構；讓個別結構的謀篇技法，邁向共通的認知思維。似此鉤幽抉微，吐故納新，立足於傳統哲學、文論之沃土，發皇於現代學術、美學之辨析，遂能無中生有，有中生新，有所創舉。

第二、意義性與音樂性統合

論及章法，作者原先《章法學新裁》、《章法學論粹》，均自意義性上論「縱向」（情、理、景、事）、「橫向」（章法）結構。逮及本書，兼及結構中的音樂性，更見開展，更形完備。因是，書中討論風格，聚焦情文之意義性，兼及聲文之音樂性；既凝視作品「生命美學」之姿，並傾聽其「語言美學」之姿。凡此即本書第五章「章法結構（二）」勝出所在，亦其精微細膩所在。

第三、以簡御繁，彰顯章法家族

大凡論及章法，常見者有三十二種；擴而充之，可以有一百六十種。猶如辭格常見者有十六種，擴而充之，可以有一百五十六種（唐松波、黃建霖主編《漢語修辭格大辭典》）。書中於此化繁為簡，向上融貫，計分「圖底」、「因果」、「虛實」、「映襯」四大家族，統領相關章法。於是藉由「共性」的收編，「屬性」的類聚，突顯最重要的章法，綱舉目張，見其精要，一掃繁瑣目眩之失。尤其四百五十五頁，四大章法家族的列表，一目瞭然，彌足珍視。

第四、執中居要，挹注篇章修辭

所謂篇章修辭，即以「對比」為核心，講究結構設計，常出現的辭格有：對偶（形式上對比）、映襯（內容上對比）、排比、層遞、頂真、設問、反諷、婉曲等（筆者《國中國文修辭教學》，頁23）。王希杰〈章法三論〉亦謂：「傳統辭格中的對偶、對照、映襯、排比、反覆、遞進、頂真、設問等，都是結構篇章的手段。」(《國文天地》237期，2005.2)。然據筆者經驗，修辭學界多用力於「字句修辭」，未能聚焦於「篇章修辭」；論及篇章修辭，大多點到為止，未能再加拓植與深化。而作者以「二元對立」為軸心的章法體系，適足十字架開，裨益篇章結構的深究鑑賞。

至於書中章法的具體運用，遍及經（《論語》、《孟子》、《孝經》)、史（《左傳》、《國語》、《史記》)、子（《列子》、《晏子春秋》)、集（散文、韻文)。茲以全書「結構表」檢視，散文中計分析宋玉、賈誼、《世說新語》、劉禹錫、韓愈、歐陽修、王安石、蘇軾、歸有光、袁宏道、方苞、劉蓉、彭端淑、李文炤、沈復之作；韻文包括樂府詩、唐詩、宋詞、元曲，計分析曹操、沈佺期、杜審言、張說、李白、王維、孟浩然、杜甫、白居易、李煜、李之儀、歐陽修、蘇軾、陸游、賀鑄、姜夔、周密、張炎、關漢卿、馬致遠之作。可見章法利器，最能於詩（古典韻文、現代詩)、文（古典散文、現代散文）兩大文類剖肌析理，運斤成風。蓋此兩大文類，奠基於形象思維與抽象思維，注重情境內蘊，實為章法學縱橫馳騁之疆域。至若小說文類，講究敘事觀點，注重情節安排，力求意之不測（高辛男《形名學與敘事理論──結構主義的小說分析法》)，則為章法挑戰的新範疇。

綜觀全書506頁，開拓章法理論，有本有則；建構章法系統，恢宏遠矚；俱見其掄斧闢徑之志業，篳路藍縷之苦心。唯書中行文，可再加斟酌。如第六章第二節小標：「化虛為實的含蓄美」、「化實為虛的自由美」、「虛實交錯的靈動美」、「虛實相生的和諧美」，可謂工整排比，然其中「的」字，可易為「之」，讓整個短語更為遒勁有力；又第七章「比較章法」中四大家族的表格（頁455)，謂「映襯家族」的美感為「映襯美」，過於模糊，無法與「圖底家族」的「立體美」、「因果家族」的「層次美」、「虛實家族」的「變化美」之體例相當。

若能於體大思精之餘，並見細針刺繡之藝，相信全書既重章法之創設，亦重字句之修辭；則穆穆皇皇，曖曖含光，精采自射，照亮後學。

（原載《陳滿銘教授七秩榮退誌慶論文集》，萬卷樓圖書公司，2005年7月，頁251-253）

陳滿銘著《章法學綜論》（臺北市：萬卷樓）

始於喜悅，終於創思
——白靈《一首詩的玩法》

如果說《一首詩的玩法》是「如何養你心中那頭詩的綿羊」的報告書，「如何『奈米』日常語言」的報告書（白靈自稱），它毋寧是一本攸關現代詩「創意教學」（對教師而言）、「創造力教學」（對學生而言）的操作手冊；呼喚多元智能，呼喚潛藏能量，開拓「詩精於勤而始於嬉」的進路。

《一首詩的玩法》全書特色有三：

第一、接軌創造思考理論

以「強喻的玩法」（「以強制聯想方式，將兩件毫不相干的事物，盡可能做各種可能的想像。但不一定要創出詩句。」頁六十）為例，在方法上「要求學生強制聯想（如提醒先將事物的屬性寫出或將之抽象化），或集體腦力激盪，將其可能聯繫的部分擴大。先聯繫上，再加強相關性。」亦即在遠距原則下，尋繹相關原則；於相對聯想中，再發揮接近聯想。似此「強喻的玩法」，正屬威廉式（F. E. Williams, 1970）創造思考教學模式中的「歸因法」（發現事物的屬性；指出約定俗成的象徵或意義；發現特質並予以歸類）、「類比法」（比較類似的各種情況；發現事物間的相似處；將某事物與另一事物做適當的比喻）、「激發法」（多方面追求各項事物的新意義；引發探索知識動機；探索並發現新知或新發明）、「重組法」（將一種新的結構重新改組；創立一種新的結構；在凌亂無序的情況裡發現組織並提出新的處理方式）的綜合運用，彼此適可援引、印證。

至於「示例」造句，較筆者「兩個語詞」的造句，難度指數尤高。以「井」、「書本」為例，寫出的句子有：「腦子裡深埋的古老思想。」（李佳芳）、「乾枯深淵烙印至死不渝的誓言。」（邱素貞）

反觀筆者以「書本」、「蝴蝶」造句（《創意造句的火花》），則為：「『蝴蝶』是大自然『書本』裡最美麗的活動插畫。」（林廷諭）、「『蝴蝶』笑『書本』太笨重，飛不起來；『書本』笑『蝴蝶』沒內涵，靜不下來。」（蘇郁棠）。

兩者的差別在於：白靈要學子掌握「井」、「書本」的屬性，發揮抽象的衍生；而筆者要學子直接以「蝴蝶」、「書本」造句。白靈傾向激發學子的「精進力」，筆者傾向激發學子的「變通力」。

第二、助益修辭教學

書中「一行詩玩法舉隅」（上）的「由常語奪句」，正是修辭學中「尋常語法的藝術化」、「語言上的陌生化」（姚晉平《當代中國修辭學》，廣東教育，1996）。姚氏指出「陌生化」有三種途徑：

（一）使能指與所指的關係陌生化

1. 語義的升降使用。
2. 褒貶的色彩改變。
3. 表達的曲直選擇。

（二）使詞語的搭配陌生化

1. 具體詞與抽象詞、可見詞與無形詞超常搭配。
2. 人物詞與非人物詞的搭配。
3. 表示人的不同感覺的詞語的搭配。

（三）語言形式標誌的陌生化

僅提供「常語」本身及搭配上的「原則」。至於這些「常語」應如何組合、選擇的流程，無法明確彰顯。反觀白靈揭示「常語奪句」的步驟，相當清晰：

1. 設句：讀者可按下述常語自練，教師則可提供一句或兩句常語。
2. 竄詞：將該句中的各種詞彙任意竄改成其他詞彙。
3. 延詞：將該句的詞彙上下任意添加形容詞、副詞。
4. 串句：將上述各項詞彙任意串連。
5. 揉句：將串出的句子之較近詩意者保留，並予修飾。
6. 衍句：將揉句所得詩句予以延伸。

似此流程操作，始於隨意，終於有意；始於遊戲，終於創思；始於平常，終於超常；讓修辭學中「尋常語言的藝術化」、「語言上的陌生化」不再是觀念上的認知，而是「有想法，有方法，有辦法」的具體呈現。

第三、拓植多元智能理論

全書開拓「玩」的向度，與「多元智能理論」（H. Gardner, 1983）息息相關。書中〈詩的發生，貴在似與不似之間〉的解析與附表（頁一六），正是「語文智能」（有效地運用口頭推理能力）的對比與轉化。而〈小詩玩法舉隅〉（上、中、下）、〈散文詩玩法舉隅〉（上、中、下）、〈圖畫詩玩法舉隅〉（上、中、下）展開「詩是無形畫，詩為能言畫」（宋代張舜民語）的藝境，則是「論文智能」與「空間智能」（準確地感覺視覺空間，並把所知覺到的表現出來）的統整表現。至於〈剪貼詩玩法舉隅〉、〈數位詩玩法舉隅〉，更結合「語文智能」、「空間智能」、「肢體智能」（善於運用整個身體表達想法和感覺，以及運用雙手靈巧地生產或改造事物），創造有價值的詩學產品，迎向影音動畫的新世代。

綜上所述，可見《一首詩的玩法》是一本「會玩」的書。玩出詩的敏覺，玩出語言文字的可能，玩出分行形式的寓意，玩出詩藝類型的多元智能。白靈身歷其境，開拓詩的意義性、繪畫性、音樂性，挑戰自身「詩的實驗與教學」(《一首詩的玩法》、《煙火與噴泉》、《一首詩的誘惑》)，層樓更上，與時俱進。風簷展卷，言之有物有則，觀之技進於藝，昭然斐然，洵為現代詩教學力作。

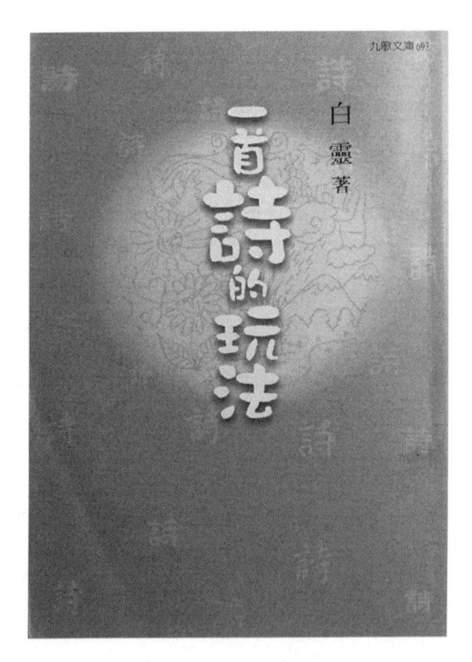

白靈著《一首詩的玩法》(臺北市：九歌)

多方折射的的水晶球

——林良《淺語的藝術》

歷來討論語言新感性，爬梳語文美感的著作相當多，如：王一川《漢語形象美學引論》（廣東人民，1999）、譚永祥《漢語修辭美學》（北京語言學院，1992）、簡政珍《語言與文學空間》（漢光，1989）、徐國能《煮字為藥》（九歌，2005）、李榮啟《文學語言學》（人民，2005）、馬大康《詩性語言研究》（中國社會科學，2005）、萬志全《藝術化語言》（中國社會科學，2007）等。其中全力聚焦兒童文學，討論兒童文學中「語言文字的藝術」的，當首推林良《淺語的藝術》（國語日報，2000修訂本）。

林良《淺語的藝術》，揭示「淺語」的「文學性」，指出「淺語」並非「淺入淺出」的表達達意，而是「深入淺出」的藝術加工；並非「用語極淺，用意極淺」的一目了然，而是「用語極淺，用筆極新，用意極深」的形象思維。讓作品在飽滿情意（有形象，有思維）、鮮活敘述（有感覺）中召喚讀者，打動兒童與大人的心靈。大抵林良《淺語的藝術》一書要旨，可自「語言文字」、「表達方式」、「立意取材」上加以掌握。

一　語言文字

立足於日常語言的「真實」（頁32）、「精確」（頁53），林良發揮語言的新感性，捕捉白話中「音樂」與「意義」交織的美感：

文學的特質要靠語言的意義跟語言的美來顯現（頁201）。

因此，真正的「淺語」，是把「米」（白話、口語、日常語言）釀成「酒」（淡而有味、淺而有趣）的深切感受；並非「我手寫我口」的不加過濾，而是「我手寫我思」的沉澱與加工；形成琅琅上口的「生動淺語」，形成曉暢流利的「深刻淺語」；展開「此中有真意」（陶潛）的書寫。

由此出發，林良注重口語的現代感，揚棄過時的文言運用；如硬將「吃過飯」改成「飯畢」，林良期期以為不可。林良反對遣詞用字過於艱深、生硬之餘，同時反對過度雕琢修飾、華而不實。所有文字的美感，不在於用美麗的詞藻裝飾，而在於思想的高度、情意的飽滿；由思想之美、情意之美自然外顯，開拓出「簡潔」、「明朗」、「有味」的語文美感。

二　表達方式

在描寫和敘述的表達上，林良主張用文字寫生，用語言畫畫。在描寫的「空間」藝術中，讓畫面說話（形象化）；在敘述的「時間」藝術中，讓事件說話，讓角色說話（臨場感）；化靜態為動態，化抽象為具體，化概念直陳為具體情境的塑造，展開多彩多姿的生動書寫。

當然，不管表達的方式如何極態盡妍，所有優質的文字創作，必須出自「深切的感受」（頁123）。由「深切的感受出發，把思想煮成感覺，把情感形塑成具體」，才能呈現理想的藝境。因此，林良指出優秀的文學家（如李煜），在文學創作上：

把那些使他產生深切感受的事、物，重現出來像語言圖畫，或者用語言圖畫去描繪他的感受（頁123）。

所謂「語言圖畫」即景描寫（描繪）、敘述（重現）的關鍵所在，亦即寫境、造境的本領所在。似此表達方式，林良稱為「暗示」。一個作家如果運用「暗示」，那是因為他發現「暗示」比其他的方法更有力的緣故。

這樣的「暗示」，在描寫上，能點染氛圍，塑造情境，讓讀者「親眼看見」（頁137）；在敘述上，能巧妙安排留下「伏筆」（頁143），掌握情節的因果變化。這樣的表達方式，拒絕「說教」，注重「演示」（頁101）；拒絕「直接」（打開天窗說亮話）揭露，注重「間接」呈現（打開天窗不說亮話）揭露。注重「間接」呈現（打開天窗不說亮話），正是「冰山理論」的寫作藝術。

三　立意取材

在立意取材上，林良並不注重題材的特殊，並不強調主題內涵的陌生；而是自平凡題材，挖掘出不凡、新穎的趣味；自日常熟悉的題材，體會出超常、深刻的情理。林良推崇杜甫詩篇是「動人的淺語的藝術」，原因即在詩聖杜甫：能在瑣事中發現情趣，在平凡的生活中發現深刻的意義（頁41）。

可見能穿透「瑣事」的無聊，洞悉「平凡生活」的沉悶，其中關鍵，即在於「發現」二字。法國雕刻大師羅丹曾說：「這世界不是缺少美，而是缺少發現。」同理類推，文學創作不是缺少題材，而是缺少新體會、再發現；也不是缺少主題，而是缺少對主題的新認知、新視角。

當然，這些新認知、新視角；並非標新立異，譁眾取寵；而是在讀者「意外驚喜」之餘，展現「有意思」的趣味與「有意義」的深刻。因此，林良指出精采「淺語」，貴於發人深省：

> 「啟發性的語言」的背後是「啟發性的思想」，這裡含有作家的多少深思，多少觀察，多少領悟；作家雖然不是「聖人」，但是他的作品「昇華」了我們的「人生」（頁149）。

這樣的「啟發性」，始於感性、知性，終於悟性；始於二元「對立」（美麗與醜陋、善良與邪惡、天真與勢利、報復與寬恕），終於「對立的統一」，邁向「對荒謬微笑」、「對苦難幽默」、「對遺憾握手」的朗暢高度。

綜上語言文字、表達方式、立意取材的歸納分析，可以一窺林良的文學創作觀。運用在散文上，林良指出：

> 這種散文是向兒童傳達自己的「動人的人生經驗」，但是必須運用兒童能體會的題材，運用能激起兒童心理反應的語言（頁282）。

這種兒童文學的「文學性」、「啟發性」（又稱「教育性」）的揭示，正是「淺語的藝術」的發揮，是林良兒童文學創作的具體實踐；攬轡總源，不容忽略。

林良著《淺語的藝術》（臺北市：國語日報社）

心無二用，情有獨鍾
──王鼎鈞《文學江湖》

色彩是心理學，色彩也是思維學。波諾（Edward de Bono）《六頂思考帽》（Six thinking hats）指出六種思考帽：白色（客觀事實）、紅色（情緒感覺）、黑色（陰沉負面）、黃色（肯定正面）、綠色（盎然創意）、藍色（冷靜思考過程），各有各的功能。以此觀王鼎鈞散文，「人生三書」（《開放的人生》、《人生試金石》、《我們現代人》）以黃色思考為主軸，《黑暗聖經》（原名《隨緣破密》）聚焦黑色思考，《左心房漩渦》湧動著色塊撞擊的紅色思考，《千手捕蝶》翻飛著意外無限的綠色思考，逮及《關山奪路》邁向冷峻的白色思考，至於《文學江湖》本書，則在藍色思考中照見「水深波浪闊，無使蛟龍得」、「江湖多白鳥，天地有青蠅」的慨嘆。水淨沙明，反身自視之餘，悠悠映現一抹櫻桃的紅，陽光的黃與青草的綠，兜出他多樣化的色彩，展現他特殊的感染力與深刻的穿透力。

《文學江湖》的感染力，在於用語極淺，用情極真，用意極深。其中的進路有二：第一，發揮字質的形義之美；第二，活用字質的音義之趣。所謂形義之美，用王鼎鈞的話，則「用畫面思考」（頁84）、「意在內，象在外」（頁98），換言之，即文字的蒙太奇。透過文字的蒙太奇，讓平常話變成有感覺的好話，讓淺語變成讓人有感動的警語。於是，所有的格言都可以再呼吸，再現新風華的意象化；而所有的意象化，不是爭奇鬥豔，而是信手拈來的生活化。以「政權」為例，不自「絕對的權力，絕對的腐化」的黑色思考帽上著墨，亦不自

「權力永遠穿迷你裙，顛倒眾生」的紅色思考帽上凝慮；而別具隻眼，指出「政權也像人一樣，不能永遠握緊拳頭，必須放開」（頁111），呈現白色思考的客觀，綠色思考的活力。畢竟「人只有兩畫」，一撇一捺，兩腳著地，不能只會握緊拳頭，不能一條路走到天黑。須知「把手握緊，裡面什麼也沒有」，放開才是安全，成全自己，也成全別人；多一條思路，多一條出路。書中又如「民主自由是本錢，專政才是利息」（頁111），均是信言不美的真話，話中有話，耐人尋味。至於音義之趣，藉由「異中有同」，帶出「變化中有統一」的音樂性；藉由「同中有異」，呈現「統一中有變化」的意義性；結合音韻與理蘊，形塑悅耳動聽的深刻書寫。其中分析、比較，多為珠璣金句，如：「更多的民主、更多的自由重點不在『多』字，重要的是那個『更』字」（頁245）、「做得早、開風氣，做得好、集大成，都可以在文學史上留下名字。做得早是馬背上的皇上，做得好是龍椅上的皇上」（頁279）；進而演繹、歸納，如「積弊而後積怨，積怨而後積憤」（頁355）、「趣味是可以『發現』的，『發現』是角度問題，是態度問題」（頁124），無不言淺意顯，燭幽發微，明確洞悉事理的開展變化，精闢透視文心的奧祕所在。凡此，珠玉謦欬，無不以常字見巧，自尋常見奇崛。

其次，《文學江湖》的穿透力，則在由事入理，由景入情中，展現「溫暖的心，冷靜的腦」。世路經眼，十年亂花，王鼎鈞由「感知、感染、感悟」裡，明顯的往寬處看（綠色思考帽）、往高處看（黃色思考帽）、往遠處看（白色思考帽）。第一，往寬處看，活絡思維，別有會心。針對「取法乎中，僅得乎中，取法乎中，僅得乎下，取法乎下，得乎上」（張道藩語），指出第五句的「下」是「取法人生自然」、第六句的「上」是「不戴前人的面具，而有自己的面貌」（頁99），正是化「受成規制約的創作性」為「變更成規的創造性」，亦是「取法乎眾，得乎大」的格局，方為創作永不凋謝的長青樹。第二，往高處看，陽光信念，矢志堅持。對於政治家，王鼎鈞謂：「政治家為而不有，隨時可以被遺忘，被曲解，被替代，他要從政就得『犧牲享受，享受犧牲』，悲天憫人，為蒼生作奉獻，老天爺給他的報償，只是海明威筆下那一付魚骨頭，也就是一頁青史」（頁420），一付魚骨頭正標幟著「一個人可以被毀滅，但不可以被打敗」的信念，一頁青史是「不容青史竟成灰」的願力，亦是「零落成泥碾作塵，只有香如故」的堅持，更是「政治家為了下一代」的高度，縱然一付魚骨頭，也甘之如飴。第三，往遠處看，照見歷史的應然與實然，凝視律動變化的弔詭。王鼎鈞在〈宗教信仰與文學創作〉（《心靈與宗教信仰》）中即指出：「事情總是朝相反的方向發展。這奧祕，寫易經的人知道，寫聖經的人知道，寫道德經的人知道，現在作家都知道」（頁65），可謂綜合歸納，多所會通。逮及本書，更進一步透視剖述：「歷史總是呈現多軌或雙軌的樣相，五十年代，反共文學之外還有以女作家為主的私生活文學、人情味文學，六十年代，現代主義運動之外還有軍中文藝運動，七十年代，鄉土文學之外還有後現代，看似相反，最後都『化作春泥更護花』（頁438），看似相反，卻也相反相成；看似偶然，卻是偶然的必然；在量變中質變，在「否定的否定」中激盪出「新的肯定」；滾入時間巨流中無不螺旋形前進，往復進退，在混沌中形成秩序，在複雜因果中自成「悖論」邏輯。如此一來，細數今昔，卻顧所來徑，事情的發展，除了「反」之外，更是一個「返」，相激相盪，糾結往返，周行不止，無法逆睹。如此一來，也難怪王鼎鈞在《關山奪路》中領悟道：「歷史只有『曾經』，沒有『如果』」（頁330），在歷史的弔詭中，沒有應然，只有實然；沒有如果，只有如此；沒有如果，只有結果。人間的是是非非，原本不易分，根本不能分；歷史的恩恩怨怨亦然，所有浮蕊浪花，終入萬里雲天下的千江有水，濤聲盈耳。

隱地謂鼎公此書：「從一九四九寫到一九七八年，將近三十年的臺灣時光，是他人性的鍛鍊，也是我的浮沉年華，他把我們的時代拉回來。」在這拉回來的時光裡，我們得見鼎公的「人性鍛鍊」，更見鼎公充滿感染力、穿透力的「鍊字」、「鍊句」、「鍊意」、「鍊人」。文學就是江湖，人性就是江湖；如果說江湖是太上老君的煉丹爐，鼎公從中鍛鍊出他的火眼金睛，孤意在眉，深情在筆，以白色、藍色思考帽為基調，自「江湖夜雨十年燈」中，寫出他「桃李春風一杯酒」的原汁原味；自「江湖滿地一漁翁」中，寫出他「關塞極天唯鳥道」的世路艱險：在「獨釣寒江雪」中，我們得見「孤舟蓑笠翁」的心無二用，情有獨鍾。於是，文心與道心接軌，修辭與修行合一，在《文學江湖》的最深處，有感情的最強音，有詩意的飽滿點，有哲理的雋永回響；開人耳目，發人深省，引人俯仰沉思。

王鼎鈞著《文學江湖》（臺北市：爾雅）

參考書目

方　遒　《散文學綜論》　合肥市　安徽教育出版社　2004年
王希杰　《漢語修辭學》　北京市　商務印書館　2004年
王希杰　《修辭學新論》　北京市　北京語言學院　1993年
王希杰　《修辭學通論》　南京市　南京大學出版社　1996年
王希杰　《修辭學導論》　杭州市　浙江教育出版社　2000年
王希杰　《漢語修辭學》　北京市　當代世界出版社　2003年
王鼎鈞　《左心房漩渦》　臺北市　爾雅出版社　1988年
王鼎鈞　《文學種籽》　臺北市　爾雅出版社　2003年
王鼎鈞　《情人眼》　臺北市　爾雅出版社　2004年
王鼎鈞　《關山奪路》　臺北市　爾雅出版社　2005年
王鼎鈞　《文學江湖》　臺北市　爾雅出版社　2009年
白　靈　《一首詩的誕生》　臺北市　九歌出版社　1991年
白　靈　《一首詩的玩法》　臺北市　九歌出版社　2004年
池昌海　《現代漢語語法修辭教程》　杭州市　浙江大學出版社　2002年
余光中　《望鄉的牧神》　臺北市　純文學出版社　1968年
余光中　《聽聽那冷雨》　臺北市　純文學出版社　1974年
余光中　《日不落家》　臺北市　九歌出版社　1998年
余光中　《五行無阻》　臺北市　九歌出版社　1998年
余光中　《高樓對海》　臺北市　九歌出版社　2000年
余光中　《青銅一夢》　臺北市　九歌出版社　2005年
余秋雨　《人生風景》　臺北市　時報出版公司　2007年

余秋雨 《新文化苦旅》 臺北市 爾雅出版社 2008年
余秋雨 《藝術創造工程》 臺北市 允晨文化實業公司 1990年
吳 曉 《詩歌與人生市：意象符號與情感空間》 臺北市 書林圖書公司出版公司 1995年
杏林子 《另一種愛情》 臺北市 九歌出版社 1984年
李紹林 《漢語寫作實用修辭》 北京市 語文出版社 2005年
李晗蕾 《辭格學新論》 哈爾濱市 黑龍江人民出版社 2004年
竺家寧 《漢語風格與文學韻律》 臺北市 五南圖書出版公司 2001年
沈 謙 《修辭學》 臺北縣 空中大學出版社 1995年
洛 夫 《因為風的緣故》 臺北市 九歌出版社 1988年
洛 夫 《雪落無聲》 臺北市 爾雅出版社 1999年
洛 夫 《背向大海》 臺北市 爾雅出版社 2007年
洛 夫 《唐詩解構》 臺北市 遠景出版事業公司 2014年
林 良 《淺語的藝術》 臺北市 國語日報社 2011年
孟 樊 《戲擬詩》 臺北市 秀威資訊科技公司 2011年
侯文詠 《請問侯文詠》 臺北市 皇冠出版社 2014年
波諾著 江麗美譯 《六頂思考帽》 臺北市 桂冠圖書公司 1996年
波諾著 芸生、杜亞琛譯 《教孩子思考》 臺北市 桂冠圖書公司 1999年
胡亞敏 《敘事學》 武漢市 華中師範大學出版社 2004年
胡性初 《中文實用修辭學教程》 香港 三聯出版社 2001年
胡性初 《實用修辭》 廣州市 華南理工大學出版社 1992年
胡壯麟 《認知隱喻學》 北京市 北京大學出版社 2004年
胡菊人 《小說技巧》 臺北市 遠景出版公司 1974年
高友工 《中國美典與文學研究》 臺北市 臺大出版中心 2004年
徐國能 《寫在課本留白處》 臺北市 九歌出版社 2015年

張大春　《認得幾個字》　新北市　印刻出版社　2007年
張大春　《小說稗類》　臺北市　聯經出版事業公司　1998年
張高評主編　《實用中文講義（上）》　臺北市　東大圖書公司　2008年
張春榮　《一把文學的梯子》　臺北市　爾雅出版社　1993年
張春榮　《一扇文學的新窗》　臺北市　爾雅出版社　1995年
張春榮　《極短篇的理論與創作》　臺北市　爾雅出版社　1999年
張春榮　《修辭新思維》　臺北市　萬卷樓圖書公司　2001年
張春榮　《修辭散步》　臺北市　三民書局　2006年
張春榮　《文學創作的途徑》　臺北市　爾雅出版社　2003年
張春榮　《作文教學風向球》　臺北市　萬卷樓圖書公司　2008年
張春榮　《現代修辭學》　臺北市　萬卷樓圖書公司　2013年
張春榮　《現代修辭教學》　臺北市　萬卷樓圖書公司　2014年
張春榮　《語文領域的創思教學》　臺北市　萬卷樓圖書公司　2015年
張春榮　《南山青松》　臺北市　爾雅出版社　2017年
張春榮、顏藹珠編著　《名家極短篇——悅讀與引導》　臺北市　萬卷樓圖書公司　2001年
張春榮、顏藹珠編著　楊淑凌碑文《佛學大師智慧語暨王子悅造像碑》　臺北市　槧研齋　2015年
張春榮、顏荷郁編著　《電影智慧語——西洋百部電影名句賞析》　臺北市　爾雅出版社　2005年
張春榮、顏荷郁編著　《世界名人智慧語》　臺北市　爾雅出版社　2009年
張春榮、顏荷郁編著　《中外名人智慧語》　臺北市　爾雅出版社　2015年
張煉強　《修辭理據探索》　北京市　首都師範大學出版社　1994年

張　默　《戲仿現代名詩百帖》　臺北市　九歌出版社　2014年
張曉芒　《創新思維方法概論》　北京市　中央編譯　2008年
張曉風　《曉風戲劇集》　臺北市　道聲出版社　1976年
張曉風　《這杯咖啡的溫度剛好》　臺北市　九歌出版社　1996年
張曉風　《星星都已到齊了》　臺北市　九歌出版社　2003年
張曉風　《送你一個字》　臺北市　九歌出版社　2009年
張曉風　《從你美麗的流域》　臺北市　爾雅出版社　2009年
張夢機　《古典詩的形式結構》　臺北縣　駱駝出版社　1997年
張掌然、張大松　《思維訓練》　武漢市　華中科技大學出版社　2000年
孫紹振　《審美形象的創造市　文學創作論》　福州市　海峽文藝出版社　2000年
孫惠柱　《戲劇結構》　臺北市　書林圖書公司出版公司　1993年
曹明珠　《漢字修辭研究》　長沙市　岳麓書社　2006年
郭紹虞　《學文示例》　臺北市　明文書局　1986年
專案小組　《國家考試國文科命題參考手冊》　臺北市　考選部　2002年
陳汝東　《認知修辭學》　廣州市　廣東教育出版社　2001年
陳義芝　《歌聲越過山丘》　臺北市　爾雅出版社　2014年
陳滿銘　《章法學綜論》　臺北市　萬卷樓圖書公司　2003年
陳滿銘　《篇章辭章學》　福州市　海風出版社　2004年
陳滿銘　《篇章結構學》　臺北市　萬卷樓圖書公司　2005年
陳滿銘　《新編作文教學指導》　臺北市　萬卷樓圖書公司　2007年
陳滿銘　《多二一（0）螺旋結構論》　臺北市　文津出版社　2007年
陳滿銘主編　《新式寫作教學導論》　臺北市　萬卷樓圖書公司　2007年
陳啟佑　《新詩形式設計的美學》　大里市　臺灣詩學季刊　1993年

陳龍安　《創造思考教學的理論與實際》　臺北市　心理出版社　1988年
奧斯朋　邵一杭譯　《應用想像力》　臺北市　協志工業叢書出版公司　1964年
雷淑娟　《文學語言美學修辭》　上海市　學林出版社　2004年
黃永武　《中國詩學：設計篇》　臺北市　巨流圖書公司　1977年
黃慶萱　《修辭學》　臺北市　三民書局　2003年
黃英雄　《編劇高手》　臺北市　書林圖書公司圖書公司　2003年
黃維樑　《清通與多姿——中文語法修辭論集》　臺北市　時報文化出版公司　1984年
劉仲林　《中國創造學概說》　天津市　天津人民出版社　2001年
劉若愚　《中國詩學》　臺北市　幼獅文化事業公司　1977年
劉勵操　《寫作方法一百例》　臺北市　萬卷樓圖書公司　1986年
蔡英俊　《中國古典詩論中「語言」與「意義」的論題——「意在言外」的用言方式與「含蓄」的美典》　臺北市　學生書局　2001年
蔡宗陽　《修辭學探微》　臺北市　文史哲出版社　2001年
鄭文貞　《篇章修辭學》　福州市　廈門大學出版社　1991年
鄭明娳　《現代散文構成論》　臺北市　大安出版社　1989年
鄭頤壽　《比較修辭》　福州市　福建人民出版社　1982年
鄭頤壽　《文藝修辭學》　福州市　福建人民出版社　1993年
簡　媜　《好一座浮島》　臺北市　洪範書店　2004年
簡　媜　《微暈的樹林》　臺北市　洪範書店　2006年
簡　媜　《紅嬰仔》　臺北市　聯合文學出版公司　1999年
簡　媜　《天涯海角》　臺北市　聯合文學出版公司　2002年
簡　媜　《老師的十二樣見面禮》　臺北市　印刻出版社　2007年
簡　媜　《誰在銀閃閃的地方，等你》　臺北市　印刻出版社　2013

簡政珍 《電影閱讀美學》 臺北市 書林圖書公司 1993年

關紹箕 《實用修辭學》 臺北市 遠流出版事業公司 1993年

蕭 蕭 《蕭蕭教你寫詩、為你解詩》 臺北市 九歌出版社 2001年

顏藹珠、張春榮 《英語修辭學(一)》 臺北市 文鶴出版公司 1993年

顏藹珠、張春榮 《英語修辭學(二)》 臺北市 文鶴出版公司 1997年

羅君籌 《文章筆法辨析》 香港 上海印書館 1971年

譚學純、朱玲 《廣義修辭學》 合肥市 安徽教育出版社 2001年

通識教育叢書·通識課程叢刊 0202004

實用修辭寫作學

編　　著　張春榮
責任編輯　廖宜家

發 行 人　陳滿銘
總 經 理　梁錦興
總 編 輯　陳滿銘
副總編輯　張晏瑞
編 輯 所　萬卷樓圖書股份有限公司
排　　版　林曉敏
印　　刷　維中科技有限公司
封面設計　斐類設計工作室

發　　行　萬卷樓圖書股份有限公司
臺北市羅斯福路二段 41 號 6 樓之 3
電話 (02)23216565
傳真 (02)23218698
電郵 SERVICE@WANJUAN.COM.TW
香港經銷　香港聯合書刊物流有限公司
電話 (852)21502100
傳真 (852)23560735

ISBN 978-986-478-231-4
2018 年 12 月再版一刷
2009 年 9 月初版
定價：新臺幣 260 元

如何購買本書：
1. 劃撥購書，請透過以下郵政劃撥帳號：
帳號：15624015
戶名：萬卷樓圖書股份有限公司
2. 轉帳購書，請透過以下帳戶
合作金庫銀行 古亭分行
戶名：萬卷樓圖書股份有限公司
帳號：0877717092596
3. 網路購書，請透過萬卷樓網站
網址 WWW.WANJUAN.COM.TW
大量購書，請直接聯繫我們，將有專人為您服務。客服：(02)23216565 分機 610
如有缺頁、破損或裝訂錯誤，請寄回更換

國家圖書館出版品預行編目資料

實用修辭寫作學 / 張春榮編著. -- 再版. -- 臺北市 : 萬卷樓, 2018.12
面；　公分. -- (通識教育叢書 ; 0202004)
ISBN 978-986-478-231-4(平裝)

1.漢語 2.修辭學 3.寫作法

802.75　　107019570